ロイド
サルーム王国の
第七王子。
「おはようございやす。
ロイド様」
グリモワール
王城の地下に
封印されていた魔人。
「ふああああ――――ああ」

「や、やぁサリア姉さん、久しぶりだね」

「……思い出した。確かロデオだったわね。私の弟の」

「ロイド、です」

「そうだったかしら」

サリア
サルーム王国の第四王女。

楽器の演奏に長ける。

イーシャ
教会に長く勤めるシスター。
人々を魅了する歌声を持つ。
「神父様、その辺にしてあげてはどうでしょう？」

「一体どういう製法なのでしょう。
パティシエに是非聞いてみたいですね」

「うん、こんな柔らかな点心《お菓子》
食べた事ないよ。
新食感ね」
タオ
気を操る冒険者。
イケメン好き。
シルファ
ロイド付きのメイド。
剣の師でもある。
「ふわぁー！
なにこれ！
すっごく美味しいよ！」
レン
毒を操る暗殺者だったが、
ロイドに救われメイドになった。

「下がってて、ロイド！」

転生したら第七王子だったので、気ままに魔術を極めます3

謙虚なサークル

講談社ラノベ文庫

口絵・本文イラスト／メル。
デザイン／AFTERGLOW

「ふあああ――――ああ」

大欠伸《おおあくび》をしながらベッドから起き上がる。

俺はロイド＝ディ＝サルーム、この国の第七王子だ。

前世は魔術大好きな貧乏魔術師だったが、転生した今ではその立場を十二分に利用させてもらい、満足いくまで魔術の研究をさせてもらっている。


「おはようございやす。ロイド様」

俺の手のひらがぐぱっと口を開く。

そしてこいつは魔人、グリモワール。俺はグリモと呼んでいる。

色々あって俺の使い魔になり、今は手のひらにいる。

「おはようグリモ。……あふぅ」

「まだ眠そうですな。先日は随分頑張ってやしたからねぇ」

「あぁ、つい熱中しすぎた。いかんいかん」

欠伸を噛《か》み殺しながら着替え始めると、グリモが何やらブツブツ言い始めた。

「ったくあれだけ熟睡してたのに、こいつの魔力密度は異常すぎる。隙あらば身体を乗っ取ってやるんだが、常に纏《まと》った強固な魔力障壁のせいで皮膚の表面に触れるのがやっとだ。しかしいつか必ずその身体、俺様のモノにしてやるからなぁ。げひひひひ」

何か笑っているようだが、あまりに声が小さすぎてよく聞こえない。

グリモは魔人ということで色々な事を知ってて役に立つのだが、ちょいちょい下品な笑い声を上げるのがたまに瑕《きず》だ。

ベッドから起き上がりもそもそと着替えていると、扉をノックする音が聞こえた。

「はい、どうぞ」

俺が入るよう促すと、静かに扉を開けて入ってくるメイド姿の少女。

紫色の髪と瞳、褐色の肌を持つ少女が伏し目がちに俺をじっと見る。

この子はレン、『ノロワレ』と呼ばれる生まれつきの能力者で、一時期は暗殺者ギルドに所属していた。

だが俺は成り行きで彼らを助けた事からギルドのボスに祭り上げられ、その経緯でレンには特に懐かれてしまった。

以来、他の暗殺者たちは他の所で働いているが、彼女だけはメイドとして俺の傍《そば》にいるのである。

「ロ……ご主人様、来た……ました」

「俺と二人の時は普通に話せばいいよ」

「本当……ですか？」

俺が頷《うなず》くと、レンはキョロキョロと辺りを見回し、部屋に入ってきた。

そしてぷはっと深呼吸をする。

「はぁー、ありがとロイド。慣れない喋《しゃべ》り方で何だか肩が凝っちゃうよ」

ぐぐぐっと大きく伸びをするレン。

どうやらまだメイドとしての立ち振る舞いには慣れないようだ。

「それより暗殺者の技を教えてくれ」

早朝、レンに一人で来てもらったのは他でもない。

暗殺者の技を教えてもらう為である。

彼女たち能力者の魔力の使い方は独特で、そこから学ぶところが多いのだ。

「うん、わかった。えーと昨日は魔力遮断を教えたよね。どう？　コツは摑《つか》めた」

「あぁ、大体な」

そう言って俺は目を閉じ、意識を集中させる。

魔力遮断とは全身にある魔力孔から漏れ出る魔力を遮断し、気配を完全に消すという技だ。

ちなみに寝不足の理由はそれである。

夜遅くまで魔力遮断の練習をしていたのだ。

レンに見せるべく、全身の魔力孔を閉じていき、断った。

「す、すごいよロイド！　もう出来るようになったの⁉」

「まだまだ完全じゃないよ。身体の至る所からどうしても魔力が漏れてしまう。レンには敵《かな》わない」

「いや、まだ教えて一晩しか経《た》ってないからね⁉　ボクはこれが出来るようになるまで一年くらいかかったからね⁉　……はぁ、やっぱりロイドは魔術師だから魔力の使い方が上手いのかも。へこんじゃうなぁ。その調子だとボクなんかすぐ追い越されちゃうよ」

ため息を吐《つ》くレンだが、彼女から学ぶ事は他にもたくさんある。

立ち止まっている暇はないのだ。


「で、今日は何を教えてくれるんだ？」

「ん、そうだね。じゃあ今日は魔力遮断の発展系の技を教えます」

レンは気を取り直して咳払《せきばら》いすると、手を広げ俺の前に差し出した。

一瞬にしてレンを纏う魔力が完全に消えたのがわかる。

「今、魔力を遮断しているのはわかるよね？」

「あぁ、見事なもんだ」

俺のと違い、僅かな魔力も漏れない完全なる魔力遮断。

しかも素早く、澱《よど》みない手馴《てな》れた感じだ。

俺にはまだ無理だな。

「ここから一部分だけ、魔力を放出する……！」

レンはそう言って、手のひらだけ魔力孔を開く。

へぇ、器用なものだ。……手のひらの部分だけ妙に魔力が高く感じる。

「流石《さすが》ロイド、すぐに気づいたみたいね。そう、身体の魔力を閉ざした状態で一部を開放し魔力を放出すると、普通より多くの魔力が生み出せるんだ。魔術が使えないボクたちにはいまいち使い道がないけど、ロイドなら使いこなせるんじゃない？」

なるほど、つまり水の出口を絞れば勢いが強くなるのと理屈は同じか。

確かに俺は普段、魔力を使う時は手のひらに大量に集めて放つだけだった。

だが放出箇所を小さくして出力を上げれば、より効率よく魔力を運用出来るだろう。

「どう？　いい情報でしょ？」

「あぁ、これは色々と使えそうだ。ありがとうレン」

レンの手を取り、大きく頷く。

これを使えば単純な攻撃魔術の破壊力なんかは跳ね上がるし、凄まじい量の魔力を要する大規模魔術なんかにも使えるだろう。

体内の魔力を一点に集中させる技……魔力集中とでも言ったところか。

ずっと手を握っていると、レンは何故か顔を赤らめている。


「あ、あの……」

「あぁ悪い。つい嬉《うれ》しくなってさ」

「ううん、嫌だったわけじゃないの。ただ少し、あ、頭を撫《な》でてくれると嬉しい、とか言ったりして。……えへへ」

「別に構わないが」

「じゃあ、その……」

レンが差し出した頭に手を載せ、ポンポンと撫でてやる。

すると嬉しそうにニヤニヤしていた。

「やっぱりロイドはすごいや。ボクたち暗殺者の技もすぐに覚えちゃうなんて。でもこの

「ここは我々に
お任せを」

Tensei shitara dainana
ouji dattanode,
kimamani majyutsu wo
kiwame masu.

転生したら第七王子だったので、気ままに魔術を極めます

3

author
謙虚なサークル

illust. メル。

ままじゃボクが教えられることはすぐになくなってしまう……そうならない為にも一生懸命修行しなきゃ！　よぉし、頑張るぞ！　ロイドにとって有益な人間で居続けられれば、ずっと傍にいられるもんね！　そうすればそのうちロイドもボクの事を少しは見てくれるようになるかも……えへへ」

何故か腰をくねらせながらブツブツと独り言を言うレン。

「げへへ、ロイド様も中々隅に置けませんなぁ」

それを見てグリモが何やら下衆《げす》な声で笑っている。何とも気味が悪いな。

「ロイド様、起きてらっしゃるのですか？」

「ひゃあっ！」

外からの声にレンはぴょんと飛び跳ね、慌てて俺から離れる。

「失礼致します。……あら、レンも来ていたのですね。私より先に来ているなんて、殊勝な心がけです」

入って来たのは銀髪のメイド、シルファだ。

俺の護衛兼世話役で、剣術の腕はかなりのものである。

「シルファ、さん……」

ちなみにレンの先輩だ。

レンの反応を見るに結構怖いらしい。まぁシルファはスパルタだからな。

俺も剣術の稽古では随分絞られたものである。

「お食事の準備が出来ましたので、直《す》ぐにいらしてください。レンも行きますよ」

「は、はい。……じゃあまた、ロイド……じゃなくてご主人様」

レンはシルファのもとに小走りに駆けていく。

今日もこうして一日が始まるのだった。


朝食が終わり、俺は早速部屋に籠もってレンから教わった魔力集中の練習を始めていた。

他の魔力孔を全て閉ざし、手のひら一ヵ所だけ開放。

広げた手のひらから一筋の魔力が伸びていく。

「うおっ！　すげぇぜロイド様！　あの娘っ子に教わった技、もう出来てるじゃねぇっすか！」

「……いや、思ったより漏れてしまう。魔力集中か。中々難しいな」

一見成立しているように見えるが、全身の魔力孔を閉じ切れてないのでそこから魔力が漏れ出てしまっている。

魔術書を読み込めばできる術式制御とは違い、この手の細かな魔力制御は費やした時間と集中力が物を言う。

物心ついた時から全身でこの能力に触れてきたレンたちならともかく、俺はどちらかというと座学……術式の勉強ばかりしていたからな。

そして当然ながら、魔力集中はその前段階である魔力遮断より数段難しい。

ものにするには結構時間がかかりそうだな。

魔力集中を解くと、どっと疲れが出た。

「ふぅ、結構疲れるな。だがこの魔力集中を上手く使えば、俺一人で大規模魔術を使えるようになるかもしれない」

数人がかりで、なおかつ複雑な儀式を交えなければ使えない大規模魔術。

これを使えば戦略級の威力を持つ攻撃魔術や、神霊クラスの召喚獣を呼び出すことも可能。……現段階では難しいだろうが、上手く魔術に応用できれば、もっと面白いことが出来るようになるだろう。

そんな事を考えているとグリモがブツブツ言い始める。

「しかし最近は前にも増して魔術の研究に力を入れてやがるぜ……はっ！　そうか、先日魔族と対峙《たいじ》した時の事が原因だな⁉　魔族相手にゃこいつの魔術も殆《ほとん》ど通用しなかった。何とか勝てたがあれは半ば偶然の産物。普通にやったら負けはしないものの、相手を逃がしていた可能性は高かった。戦いは好きじゃないとか言ってるが、魔術を極めようとすれば争いは必ず起きる。魔族だろうがなんだろうが、ものともしない戦闘力が必要だ、なんて考えているのかもしれねぇ……！　げひひ、こいつはいい兆候だぜ。今よりもさらに強い力を手に入れてくれれば、俺が身体を乗っ取った時によりいい思いが出来るからな。魔族すら殺せる力があれば、魔界を制覇し魔王となることも可能！　……ロイド様っ！　そういう事なら僭越《せんえつ》ながら自分にいい考えがありますぜっ！」

かと思えば嬉しそうな声を上げた。

情緒不安定な奴である。

「ご存知かもしれませんが、魔人、魔族に対抗する手段はちゃんと存在しやす。『神聖魔術』、神の奇跡を術式にて再現、行使するアレですよ。そこらの雑魚《ざこ》神官どもが使ってるものならともかく、ロイド様の魔力で神聖魔術を使えば魔族だろうがなんだろうが、一瞬にして消し炭になること間違いなしでさ！」

——『神聖魔術』、もちろん俺はそれを知っている。

神の奇跡を身に宿し、聖なる光で以《もっ》て魔を払う術。

不死者、霊体、魔人、魔族……この世ならざる者に対して強い力を持つ神聖魔術だが、その使用には厳しい制限がある。

それは神に仕える者でなければ扱えない、というものだ。

教会に寄付や掃除などをして尽くし、祈禱《きとう》を行い、聖書を熟読し、聖歌を歌う……それを二十年、三十年と続けた選ばれし者にのみ天の御使いが降臨し、奇跡を授ける……つまりはまぁ、熱心な信徒として認められれば神聖魔術を授けてやるぞ、という事だ。

魔術は制約により強い力を発揮する。

神聖魔術には力の弱い者でも大きな力を発揮出来るよう、強い制約をつけているのだろう。

それ故か使い手はかなり限られ、使い手もみだりに使用することを禁じられている。

だから実は俺も見たことがないのだ。

「神聖魔術は本来なら習得に数十年ってかかるらしいっすがそこはアレ、天の御使いとやらに気に入られれば割と早い段階で授かる者もいるらしいですし、ロイド様ならすぐに習得できるに違いありやせんぜ！」

「あー……それなんだがな……んー……」

揚々と話すグリモとは裏腹に俺は腕組みをして唸《うな》る。

「どうしたんですかい？　浮かない顔をして……」

「実は俺、教会の出禁を食らってるんだ」

「は⁉」


グリモが呆《あき》れたような声を上げる。


「二年ほど前に神聖魔術を覚えようとして教会へ行ったんだが、その下積みが面倒でな。魔術関連ならいいんだが、掃除や祈禱、聖歌の合唱とか面倒が多くて……ついそれをすっ飛ばす何か——具体的には神聖魔術の魔術書なんかを求めて、教会の地下書庫を漁《あさ》ってたんだけど、それを見つかっちゃって」

「ま、マジっすか……」

「うん、俺も若かった」

しみじみ頷きながら、遠い日のことを思い出す。

あの頃はまだ俺も未熟だったので侵入を悟られてしまったのだ。

今の俺なら気づかれずに侵入するのも可能だろうが……

「……まさかとは思いますがロイド様、また盗みに入ろうとか思ってやす？」

「いやいや、そんな事はないぞ。そもそもその時に魔術書の類がなかったのは確認済みだからな。また入っても意味がない」

「すでに物色済みじゃゃないっすか……」

そりゃついでだし、見ておくだろう常識的に考えて。

結局天の御使いとやらに授けてもらうしかないのかもしれないな。

だがそれは熱心な信徒に仕立て上げるための、抽象的な何かだろう。

実際の方法はまた異なるのだろうが……どちらにしろ神聖魔術を覚えるためには教会へ行くのは必須事項。

「よく考えたらあれからもう二年経つんだよな。そろそろほとぼりも冷めてるだろうし、久しぶりに行って頭を下げれば出禁も解除して貰えるかもしれない」

というか案外忘れてるかもな。

普通に咎《とが》められず、出入りさせて貰える可能性もある。

そして教会に入りさえすれば、当時の俺では感じ取れなかった神聖魔術の片鱗《へんりん》を感じ取れるかもしれない。

他にもやることがあったから後回しにしていたが……うん、考えてたら神聖魔術に再挑戦したくなってきたぞ。

今までは他の魔術ばかり研究してたし、ここらで一つジャンルを広げてみるのも面白い。

何より見たい、知りたい、使いたい。

「よし、本格的に神聖魔術を学んでみるとするか！」

新しい系統の魔術を覚えれば今使っているのにも応用が利くし、魔術への造詣も深まるだろう。

というわけで俺の次の目的は、神聖魔術の習得に決定したのである。


神聖魔術を学ぶには教会に赴かねばならない。

だが一度出禁にされた俺が一人で行ってもそのまま追い返される可能性が高い。

こういう時は教会と繋《つな》がりのある誰かと一緒に行くのがいいだろう。

幸いその人物に心当たりがある。


――第四王女、サリア＝ディ＝サルーム。

王族の中で教会との親交が特に厚い人だ。

特別信心深い、というわけではないのだが、サリアは類稀《たぐいまれ》なる楽器の腕を持っている。

フルートにハープ、トロンボーンにバイオリン、カスタネット……あらゆる楽器に精通し、特にピアノは天才的で幼い頃から教会で音楽を奏でてきた。

故に教会からは色々と頼られており、聖餐式《せいさんしき》ではサリアの演奏会が行われる程である。

そして都合の良い事に、丁度明日は教会の聖餐式だ。

その時サリアについて行けば、教会の人たちも俺を無下に追い払うことは出来ないだろう。

うむ、我ながら完璧な作戦である。

「……ただなぁ、サリア姉さんはちょっと気難しい性格なんだよなぁ」

「ほう、ロイド様が人の性格に言及するとは珍しいですな。どんな方なんですかい？」

「一言で言うと集中すると周りが見えなくなる性格でね。暇さえあれば楽器を弾いてて、周りがうるさがっても気にしない。食事に呼んでも来ない。自分のやりたくない事は絶対やらない……とまぁそんな感じですごく自分勝手な人なんだよ」

「……ロイド様、それって自分の事を言ってやすかい？」

グリモが呆れたような声で言う。

一体何を言ってるのだろうか。

俺がそんな非常識な人間に見えると？　全く失礼な奴である。

ともあれ、神聖魔術を覚えるためには背に腹は代えられない。

俺はサリアに会いに行くことにした。

サリアは前述の通り演奏ばかりしているので顔を合わすことなど滅多にないが、居場所だけはすぐにわかる。

奏でられる音楽の聞こえる方、そこにサリアはいる。

「とはいえ城は広い。色んな音があるし、室内で演奏してたら聞こえませんぜ？」

「大丈夫、集中すれば聞こえるさ」

魔力集中、全身の魔力を遮断して身体の一部だけ魔力を開放すれば、その箇所はより強い魔力を発するようになる。

強い魔力で覆われた箇所はその働きも強くなる。

即ち、腕を覆えば腕力が、脚を覆えば脚力が、耳を覆えば聴力が、である。

耳のみに魔力を集め、意識を集中させていく。

すると風の吹く音や鳥のさえずりのみならず、遠くで聞こえるメイドたちの声や、清掃の音なども聞こえてきた。

あ、向こうでレンがシルファに怒られてるな。

様々な音の溢《あふ》れる中――ポロン♪

と、跳ねるような音色が聞こえた。


「――聞こえた。あっちだ」

「え？　え？　何がですかい？」

グリモは聞こえなかったようだが、音の方角は間違いなく城の北にある棟だ。

真っ白な棟へと近づいていくにつれ、音ははっきりとしていく。

「おっ、ここまで来れば自分にも聞こえてきやしたぜ。ふむふむ、こりゃ素晴らしい音色ですな」

「へぇ、グリモは音楽の良さがわかるのか？」

「魔界にいた頃はそれなりに音楽も嗜《たしな》んでいやしてね。まぁ音楽やってる奴は色々とモテるもんですから。げひひ」

「……意外と色々やってるな、お前」

しかも手を出してるのが全部魔人っぽくないんだよな。

意外と人間味があると言うか何と言うか……ともあれ俺は棟へ足を踏み入れる。

中に入ると内壁には防音加工をしているのだろう、かなり大きな音が鳴り響いていた。


「音は地下からですな」

「うむ、扉はあれか」

下を覗《のぞ》き込むと螺旋階段《らせんかいだん》の下に巨大な鉄扉が見えた。

階段を降りて扉を開けると、ギィイ、と不気味な音と共に扉が開く。

楽器の散乱した部屋の中でピアノを奏でる女性がいた。

短い黒髪で無表情、黒縁の眼鏡に華奢《きゃしゃ》な身体。

動きやすい丈の短いスカート、だぼっとした上着にはいつでも顔を隠せるようフードが付いている。

一見すると一般人にも見えるこの女性が第四王女、サリア＝ディ＝サルームだ。

サリアは俺に一瞥《いちべつ》することもなく、ただひたすらにピアノを奏でていた。

俺は部屋の入り口にて、壁を背にもたれかかる。

「あれ、声をかけないんですかい？」

「うん、集中しているのに声をかけたら邪魔だろう」

俺だって魔術の研究をしている時に声をかけられたら嫌だしな。

勿論《もちろん》顔には出さないが、こちらはお願いする立場なのだし、終わるまで大人しく待っているとしよう。


「幸いというか、やることはいくらでもある」

魔力集中、これに関してはまだまだ修行が足りない。

早速目を閉じ、全身の魔力を遮断していく。

そして狭い範囲のみを開放すれば、さらなる高出力が望めるはず。

指先一本のみ、魔力を開放……くっ、かなり難しいな。

だが集中、集中だ。

人差し指の後は中指、薬指、出来るだけ早く、スムーズに……

没入していくにつれ、今まで聞こえていた音が一気に消え、静かになっていく。

そうしてしばらく、俺は修行にいそしむのだった。

「……さま、ロイド様！」

何か、声が聞こえる。

手のひらが蠢《うごめ》く感覚にゆっくりと目を開けると、グリモが声を上げていた。

「ロイド様！　やっと目を開けてくれやしたね！　何度も呼んだのに！」

「……どうしたグリモ。人が集中してる時に」

「不機嫌そうな顔をしないでくだせえ。姉君がさっきからこっちを見てやすよ」

言われるがまま視線を上げると、ピアノに座ったサリアが俺をじっと見ていた。

あ、そういやサリアの演奏が終わるのを待っていたんだった。完全に忘れていたぜ。


「や、やぁサリア姉さん、久しぶりだね」

「あなたは……」

俺が声をかけると、サリアは少し考えるようなそぶりをして口を開く。

「……思い出した。確かロデオだったわね。私の弟の」

「ロイド、です」

「そうだったかしら」

サリアは俺の名を間違えたことを全く気にしてない様子だ。

「この人、弟の名前を憶えてないんですかい……」

「顔を合わせたのも数回だしなぁ」

俺はまだ子供だからあまり親兄姉の集まりには出ないことも多いしな。

数回しか顔を合わせてない兄姉も結構いるのだ。

向こうもそれは同じ、名前を憶えてなくても仕方ないだろう。

「それで、私に何か用？」

じっと俺を見つめるサリア。

前述の通り、サリアは気難しく、人に興味がない。

この手のタイプに言葉を増やして取り繕うのは逆効果。

ここは覚悟を決めて真っ直ぐいってみるか。


「サリア姉さん。明日教会へ演奏をしに行くんだよね。実はそれに俺も連れて行って欲しいんだ」

「いいわよ」

「……うん、そうだよね。いきなりすぎたよね。でもまずは理由を聞いて——って、え？」

「だから、いいわよ。ついてくれば？」

無表情のまま答えるサリア。

「あ、ありがとうサリア姉さん！」

「気にしなくていいわよ」

ぷいっとそっぽを向くサリア。

なるほど、興味がないし勝手にすれば？　と言ったところか。

やや拍子抜けではあるが、こちらとしてはありがたい。

「ロイド、ね。ぼんやりとだけど思い出してきたわ。何年か前に図書館に楽譜を探しに行った時、一人でずっと魔術書を読んでたっけ。隣に行っても全く気づかない集中力、私よりも年下なのに大したものだと思った記憶がある。そしてそれは変わってない。それどころかもっと――うん、これはいい機会ね。ロイドも音楽に興味を持ったようだし、将来は音楽家になってもらいましょう。この子には才能がある。さっき指先から見えた微かな光、あれは超一流の楽曲家が稀に見せる『光の御手』だわ。音楽を始めるにはちょっと遅いけど、そのくらいのハンデは軽く乗り越えるでしょう。この界隈《かいわい》には私と肩を並べる音楽家は殆どいなくて退屈だったのよね。音楽家として力を付けたロイドと私が合奏すれば、今まで見た事ないような曲が生まれるはず……ふふ、楽しくなってきたかも」

ブツブツ呟《つぶや》きながら不気味に口元を歪《ゆが》めるサリア。

何だかわからんが、ともあれ第一関門は突破したといったところか。

◇◇◇

話が付いたところで翌日、俺はサリアの元へ向かうことにした。

なお俺の横にはレンとシロが付いてきている。

「ロイドのお姉さんに会うの、すごく楽しみ」

「オンッ！」

シロはいつも通りとして、教会へ行く事をシルファに告げたところ、代わりにレンが付いてくることになったのだ。

シルファも意外と忙しいからな。

俺としても一度力を見せているレンなら気楽である。

「しかしそんなに楽しみにしなくてもいいだろ。もう俺の兄姉何人かには会ったじゃないか。アルベルト兄さんとか」

「うん、あのすごくカッコいい人だよね」

第二王子、アルベルト＝ディ＝サルーム。

外見、性格ともに爽やかなイケメンで、色々と俺の面倒を見てくれている人だ。

そういえばこの辺りがアルベルトの部屋だったな——なんて考えていた時である。

「おや、もしかして僕の話をしていたかい？」

「わっ⁉」

いきなり背後から声をかけられ、思わず声を上げてしまう。

振り返るとそこにいたのは件《くだん》の人物、アルベルトだった。

アルベルトは驚く俺たちを見て悪戯っぽく笑う。

「やぁロイド、それにレンも」

「……驚かさないでくださいよアルベルト兄さん」

「こ、こんにちは！」

慌てて頭を下げるレンに、アルベルトは笑顔を返す。

「はっはっは、そう畏《かしこ》まらないでくれ。ちょっと姿が見えたから声をかけただけだよ」

だからといっていきなり声をかけられると困るんだが。

一応王位継承最有力候補なんだから、その自覚を持って欲しいものである。

「ところで二人してどこへ行くんだい？」

「サリア姉さんの所です。教会へ一緒に行くんですよ」

「教会だと⁉」

いきなり大きな声を上げるアルベルト。

だからびっくりさせないで欲しいのだが。

「ふむ……読めたぞロイドめ、教会へ行く理由は人脈作りの為だな。どのような形にしろ、王位を目指すには多くの民の支持を得ねばならない。教会は多くの信徒を抱えているから、今から個人的な繋がりを得ておくのは悪い手ではない……ふっ、王への道など興味がないと言っておきながら、ちゃんと考えているようじゃないか。それでこそ僕の右腕……いや、うかうかしていると僕の方が右腕にされてしまうかもな」

かと思えば何やらブツブツと独り言を言い始める。

もう行っていいのかな。いいだろう。


「えーと、じゃあ急いでいるので……」

「ん、あぁ。気をつけて行っておいで。しっかり励んでくるんだよ！」

そう言って笑顔で送り出される。

アルベルトは俺の魔術好きを応援してくれる数少ない人なのだ。

よかった、神聖魔術を覚えるのも応援してくれているらしい。一生懸命励むとしよう。

待ち合わせ場所に行くと、サリアは既に身支度を終えて待っていた。

「やっと来たわね」

「お待たせ。サリア姉さん」

「オンッ！」

「あら可愛らしいわんこ」

そう言ってシロのモフモフの毛を撫でまくるサリア。

犬が好きなのだろうか、あまり表情は変えないがかなり嬉しそうだ。

「は、はじめまして。サリア様、少し前にロイド様の従者となりました、レンと申します。以後お見知り置きを」

ぺこりと頭を下げるレンを、サリアは一瞥して言う。

「……あなた、得意な楽器は？」

「へ？　い、いえ私は特に楽器は……」

「あっそう」

一瞬にしてサリアはレンに興味を失ったようだ。

シロとの激しい落差にレンはポカンとした顔をしている。

ていうか何故楽器？　俺も得意な楽器なんかないぞ。

「ロイドはいいのよ。そういう枠じゃないから。さ、行きましょう」

無表情のままそう言って、行こうとするサリア。

いや、どういう枠だよ。

レンと顔を見合わせながらサリアと共に教会へ向かうのだった。


教会は街の中央、城から徒歩で一時間ほど行ったところにある。

のんびり歩いていると、冒険者ギルドが見えてきた。

「あ、やべ」

しまったな。今更だが道を変えて行けばよかった。

何せ俺は今、以前指名手配されていたレンを連れている。

ギルドには俺が面倒を見るという条件で話はつけているが、他の冒険者たちがどう出るかまでは不明だ。

いざとなったら何とでもするつもりだが、面倒は避けたいところだな。

そんな事を考えていると、冒険者ギルドの扉が開いた。

扉から出てきた人相の悪い男二人と目が合う。……嫌な予感。

「ちょっと待ちなよそこのお嬢さん方」

レンがぴくんと肩を震わせる。

はぁ、やっぱりか。説明が面倒臭いんだよなぁ。

俺は歩み寄ってくる二人の前に立ち塞がる。


「あー、悪いがレンは……」

「へへへ、中々可愛いメイドちゃんじゃねーの」

「……は？」

思わず間の抜けた声が出てしまう。何言ってんだこいつ。

戸惑う俺に男たちは言葉を続ける。

「そっちの無愛想な姉ちゃんも、よく見りゃ悪くねぇ顔してるぜ」

「よかったら俺たちと遊びにいかねー？　こんなガキの世話なんかほっといてよぉ」

……なんだ、ただ絡みに来ただけのチンピラか。

下卑た笑いを浮かべながら、俺を押《お》し退《の》けようと肩を掴む男。

瞬間――俺の背後で殺気が膨らむ。

「レン、やめとけ」

俺は無表情のまま短剣を抜こうとするレンを諫《いさ》める。

「でもロイドに危害を加えようとする者が現れた場合、殺害も視野に入れた上で何をしてもいいってシルファが……」

「殺しはダメだろ」

全く物騒な事である。

大体こんな人通りでやり合えば、大事になるじゃないか。

「地味にやるならいいけどな。とにかく目立つのは良くない」

「はぁーい」

「何をごちゃごちゃと――」

言いかけた男たちに向け、風系統魔術『風切』を発動させる。

風の刃《やいば》が男たちの腰元を吹き抜けた後、すとん、とズボンが落ちて下半身が露わになる。

「な、何ぃっ⁉」

慌ててズボンを上げようとするが、ベルトを切っているのでまたすぐ落ちる。

「ねぇお兄さんたち、そんな恰好《かっこう》で女の子を誘うつもり?」

「ぐ……くそっ!　憶えてやがれ!」

男たちは両手でズボンを持ち上げながら、安い捨て台詞を吐いて逃げるように去っていった。

やれやれ。とりあえず追い払えたか。


「あはは、見事なものあるな!」

安堵《あんど》の息を吐く俺に、ぱちぱちと拍手が送られる。

拍手の主は異国風の服を着た少女、タオであった。

「ハオ!　久しぶりねロイド。レンとシロも」

笑顔で話しかけてきたタオに俺は手を振り、レンはぺこりと会釈をし、シロはオンと鳴いて答える。

タオは以前知り合った冒険者で、異国の拳法で戦う武術家である。

体内の『気』を操って戦うことで徒手空拳にも拘《かかわ》らず高い戦闘力を誇り、その腕前はシルファに匹敵する。

「人が悪いな。見てたなら助けてくれてもよかったのに」

「おや、助けが必要だったか？」

俺は苦笑いを浮かべ、首を横に振る。

タオは「でしょう？」と言って微笑を浮かべた。


「ところでロイド、そちらの人は？」

「サリアよ。ロイドの姉」

「ふむ、言われてみればロイドと雰囲気が似てるね。よろしくサリア。アタシはタオ、冒険者ある！」

「む……」

タオは無理やりサリアの手を取ると、ぶんぶんと縦に振った。

その距離の近さにサリアは少し戸惑っているようだ。

冒険者ギルドは国とは無関係の機関、それ故かこちらが王族だからと言って遠慮などはしないのである。

まぁ俺もサリアもそんなものを気にするほど狭量ではないし、別に構わないけどな。

「それにしても珍しい組み合わせね。どこに行くある？」

「教会だよ。サリアの演奏会をやるんだ」

「へぇ！　楽しそうね！　ついていきたいけど……うーん、アタシも用事があるよ。今依頼を受けたところね。グール退治なんだけど、ロイドもどう？」

「うっ、行きたい……でも先約があるから、また今度ってことで」

「よいよい、依頼はまだ残ってるから、機会があれば一緒に行くね。アタシも機会があれば教会に行ってみることにするよ。だから今日の所は再見《マタネ》」


タオはぱちんとウインクをすると、ひらひらと手を振り小走りに駆けていく。

それを見送りながらサリアはぽつりとつぶやく。

「ロイド、さっきはありがとう。助けてくれて」

「ん？　あぁ、大したことはしてないけどね」

「いいえ、大したものだわ。万が一の場合は姉として私が何とかしようと思ったけど……」

サリアは自分の手持ち鞄《かばん》を振り上げる。

その鞄にはやたら鋭利な角が付いている。

下手なところに当たると死にそうだ。何とも物騒である。

「それにしても今のは風の魔術、というやつかしら。神聖魔術とは随分違うのね」

「！　サリア姉さんは神聖魔術を見たことがあるの？　どんなのだった⁉」

サリアの言葉に思わず食らいつく。

「私が知っているのは怪我人の治癒をしているところだけれど、他にも色々あるみたいよ。教会には何人か使える人がいるし、通えば見る機会もあるんじゃない？」

だが興味なさそうに言うサリア。

むぅ、サリアはあまり魔術に興味がないのだろう。これ以上詳しい話は聞けなそうだ。

やはり自分で実際に見てみないとな。

だがやはり教会には神聖魔術が使える人間はいるようだし、見る機会もあるだろう。

ワクワク感に駆られながら、教会へ足を速めるのだった。


それから歩く事しばし、俺たちは教会に辿《たど》り着いた。

「うわぁー、おっきいねぇ」

レンが教会を見上げ、感嘆の声を上げる。

「ここは支部よ。本部はもっと大きいわ」

「そうな……んですか」

「喋りにくいなら普通でいいわよ。私はそういうの気にしないから」

サリアはレンにそう言いながら教会に無遠慮に入っていく。

そして近くを歩いていたシスターに声をかけた。

「来たわよ」

「これはこれはサリア様、ようこそおいで下さいました！　ん、そちらの子供たちは……？」

「荷物持ちよ。文句ある？」

「いいえ！　滅相もありません！　ささ、お疲れでしょう。どうぞ中へ」

シスターはサリアに睨《にら》まれると、慌てて俺たちを通す。

おおっ、流石はＶＩＰ待遇。あっさり通して貰えたぞ。

サリアに頼んで正解だったな。

「それじゃあロイド、私は演奏会の準備があるから。また後でね」

「うん、ありがとうサリア姉さん」

サリアに別れを告げ、俺とレンは教会堂へと向かう。

道すがら、グリモが口を開いた。

「えーと、まずはここの神父に話をして出禁を解いてもらうんでしたな。そして信徒になったフリをしつつ神聖魔術について探り、習得したら適当に切り上げる、と。完璧な計画ですぜロイド様！」

「首尾よく事が運ぶといいが」

「大丈夫でしょう。教会の人間ってのは出来るだけ多くの信徒を集めたがってやすし。ロイド様は王族だ。嫌がる理由がないでしょう。昔ちょっとばかりやらかしてても、問題はないはずでさ！　……ん、よく考えたらそもそも出禁になるのがおかしい気も……いやいや、考えすぎですな」

確かに、ちょっとばかりやらかしたくらいなら大丈夫だよな。うん。

ともあれ出たとこ勝負しかあるまい。

おっ、神父発見。早速話しかけてみるか。


「神父様ーこんにちはー！」

大きく手を振りながら駆け寄ると、神父は俺に気づいたようだ。

「こんにちは、元気な子だね。二人でお祈りに来たのかい？　……おや、君とはもしかして一度会っているかな？」

「はい、ロイドです。お久しぶりです」

「ロイド……はっ!?　ま、まさか、『あの』ロイド＝ディ＝サルームかっ!?」

俺が名乗るなり、神父はすごい勢いで後ずさった。

胸元の十字架を手に取り、震え始める。

「間違いない！　二年前に突如現れ、この平和な教会を恐怖のどん底に陥れた悪魔の子が何故ここにっ⁉」

いきなりとんでもない事を言い出す神父。

ちょっと待て、悪魔の子とはいくらなんでもな言われようである。

「うわぁ……ロイド、一体何をやらかしたの……？」

「ロイド様、いくらなんでも人体実験や拷問、殺しの類はどうかと思いやすぜ」

それを聞いたグリモもレンもドン引きしている。

おい、俺の信用ゼロかよ。

「失敬な、いくら何でもそんな事はしてないぞ。……まぁ当時は魔術を覚えたてだったから今ほど自重もしてなかったけど……」

「逆に今は自重しているつもりだったんですかいっ⁉」

しかも何故か驚かれてしまった。

してるだろ、自重。……してるよね？

「……まぁロイド様が今より自重せずにいたんなら、この神父の行動も納得ですぜ。出禁の理由もね」

納得されてしまった。ひどい。

そういえば当時はまだ魔術の制御が完璧ではなかったので、色々と壊してたっけか。

ステンドグラスとか、天使の彫像とか、でっかい絵とか。……怒るのも無理はないかもしれない。

「えーと、神父様？　お話を聞いていただけますか？　当時の事はその、すみませんでした。俺も反省しています。よろしければまた通わせていただけないでしょうか？」

精一杯の笑顔を向けるが神父は俺の手を取らず、睨みつけてきた。

「ならぬっ！　反省しただと？　口では何とでも言えるわ！　そんな言葉、信用できるわけがあるまいっ！　ワシが心血注いで作り上げた芸術作品たちを尽《ことごと》く粉々に砕きおって……！」

「あ、思ったより個人的な恨みだった」

レンがぽつりと呟く。

確かに個人的な事だが、だからこそ神父の怒りは理解出来る。

大事なものを壊されたら怒るよなぁ。

「そこをなんとか……」

「駄目だ駄目だ！　神の御名においてお前が信徒になるなど許さぬ！　即刻神の庭から立ち去れい！」

むぅ、取り付く島もないか。

仕方ない、他の手を考えるか……そう考えて立ち去ろうとした時である。

「神父様、その辺にしてあげてはどうでしょう？」

鈴の鳴るような声と共に扉から出てきたのは、シスター服を着た女性。

長い金髪をさらりとなびかせ、豊かな胸をたゆらせ、柔らかい笑みを浮かべるその姿には見覚えがあった。

「イーシャ！」

「ふふっ、憶えていてくれて嬉しいわ。久しぶりねロイド君」

イーシャ＝ハンニバルク、教会に長く勤めるシスターである。

正義感と慈愛の精神に満ち溢れた聖母のような人で、当時俺がやらかすたびによく庇《かば》ってくれていた。

その後は大体怒られたが……優しいだけでなく厳しい人なのだ。

教会内でもその素晴らしい歌声は高く評価されており、サリアのピアノとの演奏は神すらも聞き惚《ほ》れる、とまで言われている。

イーシャは神父の方を向くと、胸元に手を当て真っ直ぐに見据える。

「神父様はいつも仰《おっしゃ》られていたではありませんか。『人は過ちを犯すもの。だが反省をし、それを償うというのであれば神はきっと許して下さる』と。どうでしょう？　ロイド君に償いの機会をさしあげては？」

「そうは言うがね、イーシャ君……」

「ボクからもお願いしますっ！　ロイドはその、確かに無茶をすることもありますがそれはいつだって深い考えがあるからなんです！　ボクも、仲間も、ロイドに救われました……！」

「オンオンッ！」

たじろぐ神父にレンとシロが目を潤ませて詰め寄る。

「む、むぅ……そんなキラキラした目で見つめられても……」

「くぅーん、くぅーん」

鼻を鳴らしながら擦り寄るシロを見て、神父はグッと息を呑《の》んだ。

「……ええい、わかった！　犬好きに悪い奴はいない！　信じることにしよう！」

「本当ですかっ！」

「う、うむ……ところでこの犬の名は何というのだ？」

「シロです。可愛いでしょう。撫でてみます？」

「……是非、頼む」

神父はそう言うと、目元を緩ませながらシロを撫でる。

「おお……何という毛並み。これは良いものだ」

なんて幸せそうな顔だろうか。いい仕事したな、シロ。


「ふふっ、ロイド君たらあんなに無邪気に喜んじゃって。さっきサリアと共に教会へ入ってくるのが見えたという事は、目当ては聖餐会《せいさんかい》での演奏会ですね。二年前、嫌そうに讃美《さんび》歌《か》を歌うあの子の声には神が宿っていました。しかも今のロイド君はあの時よりも成長している……！　きっと音楽の道に進んでくれると思って待ち続けていたけど、やっとその日が来てくれましたね。安心してくださいロイド君、もう出禁になんてさせません。私が立派な歌い手に育てて差し上げます。そして十分に育ったロイド君と私が合唱をすれば、今まで誰も聞いたことがないような歌が生まれるはず……あぁとっても楽しみです！　ふふ、ふふふふふ……」

イーシャが何かブツブツ言っている。

なんだかわからないが俺はいつも通り、俺のやるべきことをやるだけだな。うん。

晴れて出入りを許可してもらった俺は、イーシャに続き教会の中を進んでいた。

赤い絨毯《じゅうたん》の敷き詰められた廊下には、ステンドグラスからの光が射して様々な色を映し出していた。


「口添えしてくれてありがとう。イーシャ」

「いえいえ、構いませんよこのくらい。ロイド君は私にとっても弟のような存在ですから。それにお礼を言うならそっちの子たちにも、ですよ」

「うん、ありがとうレン、それにシロも」

「ボ、ボクはその、別に……」

「オンッ！」

勢いよく抱きつくシロの頭を思いっきり撫でてやる。

よーしよし、よくやったぞ。

レンはその様子を羨ましそうに見ていた。

「ふふふ、とても仲が良いのですね。結構なことです」

柔らかな微笑を浮かべるイーシャ。

なんだか照れ臭いな。俺は話題を変える事にする。

「ところでどこへ向かっているんですか？」

「それはもちろん聖餐会の準備ですよ。手伝ってくれるのでしょう？」

「も、もちろん！」

やべ、完全に忘れていたぜ。

嘘《うそ》っぱちでも信徒になったんだからやることやらなきゃだよな。

「良い返事です。では礼拝堂のお掃除を一緒にやりましょうか」

「わかったよ……」

というわけで、俺は皆に交じって礼拝堂を掃除した。

その間、老若男女、結構な人数の者たちがお祈りなどでひっきりなしに礼拝堂を訪れていた。

いやはやすごいな、これだけの人間が神を信じているなんて。にわかには信じがたい事である。


「ロイドは神サマとか信じているの？」

「いや、全く信じてないな」

「だよね！　神サマなんて嘘っぱちだよ！　神サマに祈ったって助けてなんかくれないのに、何でここまで熱心に祈りに来るわけ？　信じられない！」

憤慨するレン。

能力のせいで恵まれない幼少時代を過ごしたからだろう、神には思う所があるようだ。

「まぁ落ち着けレン。こんな所で大きな声出すもんじゃない。それにここにいる人たちも皆、本気で神を信じてるわけじゃないさ」

「どういうこと？」

「人間ってのは生きて行く上で何かしら心の拠《よ》り所が必要なんだ。だがそれを持つ人間は存外少ない。そんな人たちにとって神ってのは、いつでもどこでも祈りを捧《ささ》げることが出来る便利な偶像なのさ」

つまりは皆、何かにすがりたいのだ。

そうすることで心は鎮まり、また生きていけるのである。


「……？　ふーん」

だがレンには俺の言ってる意味がよくわからないのか、首を傾《かし》げていた。

「あらあら、聞き捨てならないですね。ロイド君。そういった発言は神への冒瀆《ぼうとく》ですよ」

「イ、イーシャっ⁉」

やべ、聞かれてた。

慌てて口を噤《つぐ》む俺に、イーシャは優しく語りかける。

「確かに神はそう易々と姿を現しはしません。ですがちゃんと存在します。一年前、私の前に現れて神聖魔術を授けて下さいました。その際に見た神々しいお姿……今でも脳裏にハッキリと映っています」

「おおっ！　イーシャは神聖魔術が使えるの⁉　神様も見たの⁉　俺も見たい！」

「ふふ、ロイド君もいい子にしてたら、いつか会えるかもしれませんね」

むぅ、はぐらかされてしまった。

それよりも今の発言だ。

確か神聖魔術を習得するには信徒として神に仕え、天の御使いとやらに認めてもらわなきゃいけないいんだったよな。

イーシャの口ぶりからすると、そいつは比喩表現ではないのだろうか。

いや、子供相手だからと適当に言っている可能性もあるか。

「うーん、なんにせよ神聖魔術を直《じか》に見ないと始まらないなぁ。グリモを解放して暴れさせたら、神官たちが神聖魔術で追い払ったりしないかね？」

「ちょ、勘弁して下さいよロイド様っ⁉」

「冗談だよ。冗談」

というか似たようなことは二年前に試したからな。

見た目が悪魔っぽい自律型魔術を使用して教会で軽く暴れさせた事があるが、教会の人たちは逃げ惑うばかりで戦おうとはしなかったのである。

思うに熱心な信徒ってのは精神的にはいい人なのだ。

故に襲われたからと言って即、戦うという選択肢に至らないのであろう。

ったく、折角の神聖魔術が宝の持ち腐れである。


「……ロイド様、そりゃ出禁にされるのも無理ないですぜ」

「え？　俺、何か言ってたか？」

「何やら物騒な事をブツブツと」

おっと、考えていたことが口に出てしまったようだ。

たまにあるんだよな。反省反省。


「イーシャ」


ふと、礼拝堂に凛《りん》とした声が響く。

声の方を見ると、サリアがいた。

「そろそろ合わせの時間だよ」

「あら、もうそんな時間でしたか。それじゃあね、ロイド君、レンちゃん。また後で……それとロイド君、今日は神聖魔術なら見れるかもしれませんよ」

ぱちんとウインクをして、イーシャは小走りに駆けて行った。


そして夕方、掃除が終わり俺たちは礼拝堂に座して待つ。

これから演奏会が開かれるという事で、周りにはそれを待つ人たちが増えてきていた。

「しかしさっきのイーシャの言葉はどういう意味だったんだろう。今から神聖魔術を見られるかもしれない……ってやつ。聞き忘れてたけどグリモは神聖魔術を見たことがあるんだっけ？」

「数回だけですがね。思い返せば神聖魔術ってのは歌が発動のカギになっているようでしたな」

「へぇ、儀式で発動させるタイプの魔術なのかな」


魔術を起動させる方法は術式と儀式に大別される。

術式は魔力に様々な式を書き込み、現象として顕現させるもの。

対して儀式は高い魔力を持つ者による歌や踊り、祈りなどによるものである。

古来から存在し、例えば雨乞いの踊りなどがそうだ。

今では術式と併用する場合が多いが、魔術にも組み込まれているものが多い。

「ってことは演奏会で神聖魔術が見られるかもしれないのか。グリモ、お前大丈夫か？」

「あのシスター、魔力はそこまででもないんで、もしやられても自分にゃ効きません。攻撃系の神聖魔術を使うとも考えられませんしね。……まぁ仮に使われても、ロイド様の身体にいるんで全く問題はないでさ」

神聖魔術は魔人によく効くらしいから浄化されないのか気になったが、……そう言うなら大丈夫か。


「まぁ楽しみに待つとしよう……ん？」

ふと、入口の方で声が聞こえた。

見れば道中、俺に絡んできた冒険者の男たちが立っている。

「やっぱりだ。あのガキここにいやがった！」

「ヘラヘラしやがって、ムカつくガキだ。聖餐式だかなんだか知らねーが、めちゃくちゃにぶち壊してやるぜ！」

まてまて、聖餐式をぶち壊すだと？

折角神聖魔術が見られそうだってのに、何をやらかすつもりなんだ。

……仕方ない。外野には退場願うとするか。

俺は全身の魔力を断ち、ゆっくりと立ち上がる。

魔力遮断にて気配を断った俺は、男たちの方へと歩いていく。


「ロイド……？」

しっ、と人差し指を唇に当て、レンを黙らせる。

周りの人間は誰一人として俺が移動しているのに気づいてないようだ。

そのまま入り口へと向かうが、男たちも俺の方を見ていない。

視界に入った石ころに誰も注意を払わないように、相当意識してなければ俺には気づかないのだろう。

男たちの真横を通り、背後に立つ。


そして、両掌の魔力を開放。

瞬間、男二人の姿が消えた。

気配を消したまま席に戻ると、レンが小声で話しかけてくる。

「……今のって、もしかして空間転移？」

「あぁ、ジェイドに術式まで見せて貰ったからな。解析してみた」

暗殺者ギルドのボス、ジェイドは空間転移の能力を持っており、それを術式でコントロールしていた。

あらゆる魔力を吸収、保存、解析するこの吸魔の剣で吸収した事で、俺にも空間転移が使えるようになったのだ。

とはいえ完全制御には程遠く、彼らがどこに飛んで行ったかもよくわからんが……手応えからして街の外辺りだと思う。

「すごいねロイド！　……はぁ、ボクも早く能力を術式化出来ないかなぁ」

ため息を吐くレン。

毒を生成するレンの能力は上手くコントロール出来れば薬にもなる。

そう焚《た》きつけて色々勉強させているのだが、随分苦戦しているようだ。

レンはまともな教育を受けておらず、とりあえず簡単な魔術書を読み聞かせているが、どこまで理解しているかは疑問である。

俺の知識を一部コピーして、対象の脳に直接貼り付ける術式を組み上げた方が早いかもしれないな。

ただそれを行った場合、被術者にどんな影響があるかわからない。

まぁ最終手段として考えておくか。


「……ロイド、なんか今怖いこと考えてなかった？」

そんな事を考えていると、レンが怯《おび》えた目で俺を見る。

失礼な。俺はいつも通りである。


さてさて、邪魔者を追い払った事だし存分に神聖魔術を体験できるな。

聖餐式が始まり、神父が祈りの言葉を紡いでいく。

他の者たちも目を閉じてそれに続く。

俺も一応目を閉じ、祈るポーズをしておく。

眠りそうになるような時間が終わり、次はパンと葡萄酒《ぶどうしゅ》がテーブルに運ばれてきた。

皆がそれを食していると、イーシャとサリアが入ってくる。


「あ、イーシャさんだ」

「サリア姉さんもいるな。どうやら演奏会が始まるらしい」

二人の登場に、さっきまで食事を楽しんでいた人たちも沸き立ち始める。

「いよっ！　待ってました！」

「私たちゃ、イーシャちゃんとサリアちゃんの演奏を聴く為に来てるようなものだからねぇ」

「今日もすげー演奏聴かせてくれよな！」

声援が飛び交う中、イーシャは礼儀正しく頭を下げた。

サリアはちらっと一瞥しただけで、すぐにピアノに向かう。

一瞬だったが、二人が俺に視線を送ったように見えた。

「それでは皆さま、本日は恒例の演奏会となります。ご清聴のほど、よろしくお願いいたします」

挨拶が終わり、イーシャがこほんと咳払いをした時にはすでに音一つ立てている者はいなかった。

――♪

静まり返った礼拝堂に、美しいピアノ音が流れる。

流れ始める。それすらすぐに気づかない程、美しい入りだった。

――♪

続いて歌声も。

サリアの曲も凄いが、イーシャの歌もそれに引けを取らない。

二人の歌と曲が見事に溶け合い、素晴らしい調和を奏でている。

――♪

歌なんて興味ない俺ですら震えるような演奏、食事をしているものなど誰一人としていない。

――♪

レンの頬に一粒の涙が溢れる。

演奏に感極まり涙を流している者は他にも沢山いた。

「なんだこりゃ……ぱねぇ……半端なさすぎるぜ……くっ」

グリモも感動のあまり鼻声になっている。

うん、確かにすごい演奏だ。

神すらも聞き惚れる演奏と言われても不思議ではないな。

「む……」

ふと、人々の身体を淡い光が包んでいるのに気づく。

どうやら傷が癒えているようだ。

治癒系統魔術……いや、微妙に違うな。これが神聖魔術か。

そういえば集まって来た人は妙に怪我人が多かったような気がするな。

魔力集中にて目を凝らしてみると、サリアを中心とした半径十数メートルに治癒の効果を持つ魔力が降り注いでいるのが見える。

この光、よく見れば実体化した粒子だ。

意識を集中させるとわかるが、これは一定時間で消える雪のようなもので、身体に張り付いている間だけ治癒の効果があるようである。

ただこの術式……どうも普通に使われているものじゃないぞ。

魔力を通して見る術式は俺の見たことない魔術言語で書かれている。

これでは昔の俺が気づかなかったのも無理はない。

見た事のない魔術言語で書かれた術式なんて、例えるなら絨毯に描かれた模様と同じだからな。

神聖魔術は遥《はる》か昔、神が戯れに人に力を与えた事から始まったと言われている。

という事はこちらとは違う世界の言語で書かれているのかもしれない。

「……ん、なんだこの視線……？」

どこからか、何者かの視線を感じる。

演奏が始まる前はなかったぞ。

そしてこの場にいる人間のものではない。

魔力集中を使わなければわからなかったな。

範囲を広げてみるがまだわからない。

一体どこだ……？　視線にわずかに混じる魔力から、その出所を辿っていく。


――すると見つけた。

ふむ、かなり高い魔力の持ち主だな。しかしどこだ？　場所がわからん。

だが視線に交じる僅かな魔力を道標にすれば、それを辿って空間転移することもできそうだ。

まだコントロールは難しい空間転移だが、目印があればそこへ飛ぶ事は可能。

「悪いレン、ちょっと行ってくる」

「へ？　ロ、ロイド？」

俺はレンに言い残し、空間転移の術式を起動させる。

一瞬にして視界が黒く染まり、浮遊感に包まれた。

空間転移は何度か試したことがあるが、この感覚はまだ慣れないんだよな。

……妙に長いな。よほど遠いところなのだろうか。


その最中、強い衝撃を受けた気がした。

まるで高い段差を一気に飛び越えたかのような、何かの壁をぶち破ったような感覚。

一体今のは何だったのだろうか。考えているうちに浮遊感が解除され着地する。

どうやら目当ての場所に到着したようだ。

目を開けると、そこには一面真っ白な世界が広がっていた。


「……どこだここ」

着いてはみたものの、やはりわからん。

「なんだか気分の悪りぃ場所ですな。自分とは相容れない空気がありやすぜ」

グリモが不機嫌そうに呟く。

地面はふわふわの雲で覆われており、他に遮るものは何一つなくただ青い空が広がっている。

さしずめ雲の上とでも言ったところだろうか。

すごく興味をそそられるが、それよりもまず視線の主を探さないと。

辺りを見渡していると、貫頭衣の青年を見つけた。

「んー♪　んふふー♪　んふー♪　……ぬふふふふ、やはりイーシャたんの歌声こそ至高。サリアたんの曲と合わさり、まさしく神曲といったところだな……」

青年は不気味な笑みを浮かべながら、足元の池をじっと見ている。

腰まで伸びた金色の髪、青い瞳、白い肌、その全てがこの世のものとは思えないほどの透明感を持っている。

特筆すべきは背中の翼、頭上に浮かぶ光の環《わ》、まさに天使とでもいった様相だ。

「あのー……」

「なんだい？　私は今、見ての通り忙しいのだが……」

俺が声をかけると、青年は文句を言いながら顔を上げた。

そしてぱちくりと瞬きをすると、上から下まで舐《な》めるように俺を見た。

「なななななっ!?　キミはまさか人間ではっ!?　な、なんで天界に人間がっ!?」

そして慌てふためきながら飛び退く。

「天界？　天界というと教会で伝えられているところの神とその御使いである天使たちの住まう世界だよね？」

「……おほん、いかにも！　ここは天界。そして私は天使ジリエル。天界64神の忠実な使徒にて天の御使いである」

おおっ、本当に天使なのか。

本当にいるものなんだな。

魔人がいるんだから別に不思議ではないか。

「人の子よ、ここは只《ただ》の人間が入れる場所ではない。如何《いか》ような手段を用いてこの神域を訪れた？」

「ジリエルというのか。君の視線に混じった僅かな魔力を辿って空間転移したんだよ」

「空間転移だと⁉　そういった力を使う人間がいるのは知っているが、ここは人間界とは異なる次元に存在する天界だぞ⁉　余程並外れた魔力でもない限り、次元の壁は越えられないはず……信じられない……！」

ブツブツ独り言を言い始めるジリエル。

「そういえば空間転移した際の感覚が少し通常とは違ったな。あれが次元の壁だったのか」

「次元の壁は通常の肉体を持つ人間には本来越えられないんでさ。実体を持たない天使、魔人、霊体なんかならともかく、そうでないと肉体が崩壊しちまいますからね。まぁロイド様くらいの魔力密度がありゃあ耐えても不思議じゃないですがね」

「て、手のひらに口だとっ⁉　……それは魔人だな？　キミは一体何者だ？」

「そういえば自己紹介をしてなかったっけ。俺はロイド＝ディ＝サルーム、サルーム王国第七王子で魔術師だ。ジリエル、天使である君に頼みがあってここにきた。俺に神聖魔術を教えて欲しい」

まぁここへきたのは完全に偶然なんだけど。

ただ先程のジリエルの独り言やイーシャの言葉から推測するに、神聖魔術は天使が授けてくれるというのは例え話でも何でもなく言葉通りのようだ。

すなわちジリエルに認められれば、俺も神聖魔術が使えるようになるに違いない。

そうなれば面倒な教会の仕事をする必要はなくなる。

「……なるほど、神聖魔術を覚える為にわざわざ天界に来たとな。確かに私は神聖魔術を人に授けることが出来る。だがそれは私が認めた者だけだ、いきなり天界に乗り込んでくるような、しかも魔人を宿した人間に神聖魔術を授けられるわけがあるまい！　今なら命は見逃してやる。即刻人間界へ帰るがいい！」

どうやらそう簡単にはいかないらしい。

とはいえ簡単に引き下がれないのはこちらも同じだ。

「どうしたら認めてくれる？」

「呆れるほど諦めの悪い少年だなキミは！　まぁいい、ならば天界の掟《おきて》に従い、力ずくで排除するのみ！」

次の瞬間、ジリエルに眩《まばゆ》い光が集まっていく。

ジリエルは光の剣と盾、そして鎧《よろい》を纏っていた。

「おおっ！　それが神聖魔術⁉」

「その通り、神聖魔術『光武』。魔を貫き闇を弾《はじ》く神々の装具だ。人間相手とて容赦せぬ」

あの感じ、召喚術式というわけではないな。

魔力を具現化し、武具としているようだ。

先刻《さっき》の治癒魔術といい、神聖魔術は魔力を実体化させるものが多いようだ。

上手く応用すれば色々な事ができそうである。

「じゃあ俺が勝ったら神聖魔術の使い方、教えてもらうよ」

「恐れるどころか嬉々《きき》とした表情を浮かべるとは……よもや悪魔の子か？　くっ、神よ、私に加護を……！」

　ジリエルは祈りの言葉と共に、俺に斬りかかってきた。

「はあああああっ！」

　光の剣を振り上げるジリエルを見て、グリモが吹き出す。

「へっ、なんだその動きは！　ハエが止まるぜ！　なぁロイド様！」

　確かに、遅い。

　素の俺でも楽勝なくらいである。

　腰に差していた吸魔の剣を抜き放つ。

　こいつはあらゆる魔力を吸収、保存、解析まで行う魔剣である。

　ジリエルの光の剣も魔術の一種であるならば、吸魔の剣で受ければその術式を解析出来るはずだ。

　斬撃を受け止めると、ぎぃん！　と鋭い音がして火花が舞い散る。

「いよっしゃあ！　これで光の剣ごと術式ゲットですぜ！」

そのはずなのだが、どうも様子がおかしい。

いつまで経っても吸収する気配がない。


「……そうか、具現化した剣は実物としてカウントされるから、吸魔の剣では吸収できないんだな」

「何を独り言を宣《のたま》っている！　はあああっ！」

打ち込まれる斬撃を弾き、大きく後ろに跳ぶ。

吸魔の剣は貴重な魔剣だ。

下手にチャンバラをやって折るわけにはいかない。

というわけでこいつは封印。吸魔の剣を鞘《さや》に戻す。


「なんだ、もう終わりか？」

「なんの、これからだよ？」

あの光の剣、自分で作り出せるならすごく便利だ。

吸魔の剣みたいに高価じゃないし、いつでも出せるなら色んな使い方が出来る。

折角相手もやる気みたいだし、ここは色々とテストさせてもらうとしよう。

「あぁそうだ。グリモ、天使は実体がないっていってたよな。お前とジリエルってどっちがタフなんだ？」

「ふむ、まぁ恐らく互角……いや、自分の方がちょい上、ですな。……多分」

なるほど、つまり互角くらいか。

じゃあ同じくらいの魔術をぶつけても死にはしないだろう。

「今度はこっちから行くぞ。『炎烈火球』」

火系統魔術上位魔術『炎烈火球』を発動。生まれた炎をジリエルに放つ。

「ぐっ⁉　炎の魔術か⁉　うおおおっ！」

大きな火の玉が飛んでいくが、ジリエルは光の剣で受け止めて、何とかかき消した。

ふむ、ちょっと光が鈍っているようにも見えるが、あの光の剣、上位魔術には普通に耐えられるようだな。

「はぁ、はぁ……な、中々の魔術だな。流石は天界に足を踏み入れるだけの事はある。しかしその程度ではこの『光武』は折れん！」

「そりゃよかった。じゃあ次は……『焦熱炎牙』」

今度はその上、火系統最上位魔術『焦熱炎牙』を発動。生まれた巨大な炎を術式にて凝縮、剣で受け止めやすいようにしてジリエルに放つ。

「ぬぐっ⁉ こ、この威力！ さっきと全然違……ぐあぁっ⁉」

それを光の剣で受け止めようとするジリエルだが、圧力と速度に負けて吹き飛んだ。

光の剣もへし折れて、粉々に砕け散っている。

ありゃ、思ったより脆《もろ》いな。

最上位魔術には耐えられない……と。

「ぐ……や、やるな……だが私は神の使徒として、こんなところで挫けるわけにはいかん！ 『光武』は何度折れようが、問題ない！」

さっきは折れないとか言ってた気がするが……ともあれジリエルが何やら唱えると、先刻へし折った光の剣が再生していく。

新たに生み出すのではなく再生ということは、剣は一本しか出せないのだろうか。

だが何度でも生み出せるという事は使い捨てにもできそうだ。

まさに気兼ねなく何度も使い捨てられる武器か。いいね。


「……何故そんな楽しそうな顔をしているのかね、キミは？」

「そりゃ楽しいからね。さぁジリエル、もっと色んな神聖魔術を見せておくれよ」

光の剣の性質もまだ全ては明らかになってない。

盾や鎧の性能も見たいし、他の武具が作れるかも気になる。

それが終われば他の神聖魔術も見てみたい。

楽しみだ。ワクワクする。そう思えば口元が少々ニヤけるのは仕方ない事だろう。


「あ、悪魔の子め……！」

なんかひどい言われようだが、気にしない。

「さぁ、続きをやろうか」

俺はそう呟くと、ジリエルとの戦闘を再開するのだった。

◇◇◇

「ぜひー、ぜひー……ば、化け物……！」

しばらく戦っただろうか、ジリエルは息を荒らげて膝を突く。

「あれ、もう打ち止め？　もっとやろうよ」

「こ、こっちはもう限界だ……煮るなり焼くなり好きにするがいい……」

そうなのか。まだ『光武』により生成された装備は十回も壊してないぞ。

魔力密度はそこまで高くなさそうだったし、消費は少ないように見えたんだがな。

天使ってのは魔力が少ないのだろうか。


「俺たちみたいに実体を持たねぇ存在は魔力を使うと力が弱まるんでさ。だから俺たち魔人は周囲から魔力を集めて魔術を使いやすが、天使どもはそれが苦手なんでしょうぜ」

「なるほど、言われてみれば『光武』は魔力を放つタイプの魔術ではないな」

武具の具現化も一度してしまえばそれで終わりだもんな。

治癒も治癒の性質を持たせた光の粒子をばらまくものだ。

方向性は違えど、共に魔術としては魔力消費量が少ない部類に入る。

「ていうかジリエル、身体が薄くなってないか？」

倒れ伏すジリエルの身体が徐々に薄くなっているように見える。

「……限界だと言ったろう。どうやら魔力を使いすぎたようだ。とはいえ力の限り戦った結果、悔いはない。私の屍《しかばね》を越えていくがいい……」

「えっ！　死ぬのか？」

それは困る。まだ神聖魔術の片鱗しか見せて貰ってない。

まだまだ全然足りないぞ。


「そうだ、魔力を与えれば……」

俺はジリエルに駆け寄ると、手をかざし魔力を注ぎ込む。

するとさっきまで薄くなっていたジリエルの身体が元に戻ってきた。

「な、何故私を助ける……？」

「何故って……死にそうな奴を助けるのは当然だろ」

それにジリエルに死なれたら、神聖魔術が覚えられないじゃないか。

「死にそうな者を助けるのは当然、か。……ふっ、私はキミを殺そうとしていたというのにな」

俺の答えを聞き、口元に笑みを浮かべるジリエル。

一体何が可笑《おか》しいんだろうか。

「……私の負けだ。ロイドだったか？　キミに神聖魔術を授けよう」

「本当かっ⁉」

「あぁ、その為には私と契約をする必要がある。手を出したまえ」

言われるがまま手を差し出すと、ジリエルが口元をにやけさせた。

「ふふふ、このロイドという少年、人間とは思えない高い魔力、王子という肩書、そしてあどけない少年の容姿。これは私が地上へ降りるいい機会だ。天使である私は天界から降りることが出来ないが、契約と見せかけてロイドの身体に憑依《ひょうい》すれば地上での活動が可能となる！　しかも魔人憑《まじんつ》きというのもいい！　何か起きても全て魔人のせいにすればいいのだから、これほど都合のいい身体はあるまいよ！　天界での生活は飽き飽きしていたし、地上へ行けばイーシャたんやサリアたん、他にも沢山の推しと会う事が出来るからなぁ。ぬふふふふ……今までは遠くから見るだけしかできなかったが、すぐ近くで吐息を感じ、あわよくば手も握れるやもしれん……ふふ、ふふふ」

ブツブツ言いながら手を重ねてくるジリエル。

何か微妙に気持ち悪いが、神聖魔術を覚えるためにはやむなしだ。

触れた瞬間、まばゆい光が辺りを包む。

「うおおおおお！　私の時代がきたあああああっ！」


ジリエルの叫び声と共に、俺の中に何かが入っていく感覚。そして――

目を開けると、左の手のひらに口が付いていた。

やたらと歯並びが良く、白く輝く歯だった。

どうやら契約は無事完了したようだな。


「ってなんだこれはぁぁぁぁぁぁぁっ⁉」


なのに何故かジリエルの叫び声が上がる。

「どうしたジリエル、ちゃんと契約出来たじゃないか」

「馬鹿な……間違いなく憑依したはず。なのに何故、私は左手にいるのだ⁉」

俺の言葉が聞こえてないのか、何やらブツブツ言い始める。


「ぎゃはっ！　おいクソ天使、当てが外れたようだなぁ！　見ての通りこいつの身体は並の魔力密度じゃねぇのよ！　テメェ如きじゃ手のひらの皮一枚が限界だろうぜ！」

「……なるほど、何故魔人が人の身体にと思ったが、貴様も同じというわけか。ぐっ、天使たる私ですら主導権を得られず、あまつさえ魔人と同様に使い魔に成り果ててしまうとは……だが諦めぬぞ。いつか必ずこの身体を乗っ取り、地上の楽園を自由に満喫してみせようではないか！」

「ハッ、テメェにゃ無理だよ。そいつは俺様が叶《かな》えるんだからな」

「なんだと雑魚魔人⁉」

「んだぁクソ天使⁉」


いきなり言い争いを始めるグリモとジリエル。

ごちゃごちゃと何を言っているのだろうか。

よく聞こえないがとりあえず神聖魔術はゲットできたし、教会へ戻るとするか。

◇◇◇

「わ！　お帰りロイド！」

いきなり現れた俺に驚くレン。

レンの魔力を目印に空間転移にて戻ってきたのだ。

長い時間行動を共にした者であれば辿るのは容易である。


「もう演奏会は終わったのか」

「うん、だからボク一人ここで待ってたんだ」

とりあえず誰もいないようなので、魔力遮断を解く。

「それにしてもいきなりいなくなるからびっくりしたよ。どこ行ってたの？」

「ちょっとな。サリアたちはどこへ行った？」

「片づけをしているみたい。そのうち戻ってくるって言ってたけど……」

「何っ⁉　サリアたんと会えるのかっ⁉」

いきなりジリエルが声を上げようとするのを、拳を握って黙らせる。


「あれ？　何か聞こえた？」

「さて、何も聞こえなかったが」

「……むぅ、空耳かな？」


危ない危ない、咄嗟《とっさ》に『音声遮断』を使って誤魔化せたがいきなり喋り出すとは思わなかった。

注意するのを忘れていたな。

「……ジリエル、俺はちょっと魔術好きの普通の少年で通っている。当然、天使を使い魔にしているなんて知られるわけにはいかない。不用意な言動は避けてくれよな」

「……！　……！」

音声を遮断しているので何を言ってるか聞こえないが、ちゃんと理解しているのだろうか。

「ぎひひ、ロイド様、自分がこの新入りに色々と教えてやりますぜ。なーに、魔界にいた頃は面倒見の良さから新人教育を一任されてたほどでしてね。この天使を一人前の使い魔にしてやりやすよ」

「頼む」

「……！　……！　……！」

何か抗議のようなものも聞こえるが、気にしなくてもいいか。あとはグリモに任せるとしよう。

「お待たせしました。ロイド君、レンちゃん、シロちゃん」

「早く帰ろう」

そうこうしていると、帰り支度を終えたイーシャとサリアが現れた。

途端、ジリエルのテンションが上がったのかモゴモゴ動きだすが放置だ。

「二人ともお疲れ、すごくいい演奏だったよ」

「そう？　普通だけど」

「ふふっ、素直じゃないですねサリアは。こういう時は素直にお礼を言っておけばいいんですよ。ありがとうございますロイド君。嬉しいです」

「はいはい……ありがとロイド」

眩《まぶ》しく微笑むイーシャと、照れくさそうに微笑むサリア。

それを見てジリエルのテンションが最高潮に達したようだ。

ビクンビクンと痙攣《けいれん》している。気持ち悪いぞジリエル。

「？　どうかしたのですか？」

「なんでもないよ。あははは……」

教会を出ると日が暮れており、サリアと共に城へ戻った。

「今日はありがとうサリア」

「ん、またね」

サリアと別れを告げ自室へ戻ると、シルファが出迎えた。

「おかえりなさいませロイド様」

「ただいまシルファ」

「レンもお疲れ様です。あとで報告をして下さいね。さ、食事の準備をしましょうか」

「わかりました。……それでは失礼します、ご主人様」

レンは俺に丁寧に会釈をすると、シルファと共に部屋を出て行った。

ふう、色々あったが収穫はあった。


「さーて、神聖魔術とやらを試してみるか！」

帰る途中も実験したくてウズウズしてたしな。

ジリエルの周囲に展開していた空気の壁を解いてやる。


「落ち着いたか？　ジリエル」

「はっ、取り乱して申し訳ありませんでしたロイド様。御用があれば何なりとお申し付けくださいませ」

えっ、何その豹変《ひょうへん》ぶり。逆に怖いんだけど。

「すごいじゃないかグリモ、よくここまで言い聞かせたな」

「へへ、任せてくだせぇ。……といいたいところですが、実はこいつ、姉君とロイド様が仲良く話しているのを見て、いきなり従順になりやしてね。よくわからねぇ奴ですよ」

どうやらグリモにもよくわからないようだ。

「遅ればせながら、ようやくロイド様のすばらしさに気づいたのですよ。ロイド様こそ、私が忠義を示すにふさわしい主《あるじ》！　神聖魔術でしたら私と契約した事で既に問題なく使えるはずです。ぜひお試しくださいませ」

「お、おう……」

なんだかわからんが、従順になってくれたのはいい事だ。

特に気にしなくていいか。

「ふふふ、まさかこの少年がサリアたんのみならずイーシャたんとも知り合いとはな。その上メイドのレンたんとシルファたんも可愛い！　推せる！　この身体にいれば美少女とお近づきになれる機会はかなり多いと見た！　握手は当然として、ハグなんかもあり得る……！　ぬふふふふ、素晴らしい！　美少女と触れ合う為ならば、忠義なんかいくらでも尽くしてやるとも！」

不気味な笑い声を上げるジリエルはおいといて、早速神聖魔術の実験に入る。

魔術というのは基本、魔術書を読む事で使用可能となるのだが、読み込みを続け理解を深めれば更なる高みに至れる。


たとえば一番簡単な火系統魔術『火球』だがこれだけでも初級から上級までの魔術書が何冊もある。

理解を深める事で『火球』のレベルが上がっていくのだ。

もちろん更に上位の魔術は、もっと多くの関連魔術書がある。

だが神聖魔術の本なんてないし、使えると言われても術式すらわからないからどうしようもないんだが。


「神聖魔術の使用条件は我々天使の手で魂に術式を刻む事、そして歌などで以て我々天使と魔力経路《パス》を通す事。術式は既に刻んでいるし、私がここにいれば魔力経路《パス》も通っております。さぁロイド様、自身の魂に強く問いかけて下さい。さすれば自ずと神聖魔術の使い方が見えてくるはずです」

「問いかける、ねぇ」

半信半疑で意識を集中してみると、頭の中に大量の魔術文字が浮かんでくる。

これは……神聖魔術の術式か。

神聖魔術の使い方が身体で理解出来る。

「へぇ、これで使えるようになったわけか。手軽過ぎて損した気分だな」

「どういうことです？」

「新たな魔術を理解する、その過程も楽しいんだよ」

だってどんな理屈かもわからずに使っても楽しさ半減じゃあないか。もったいない。

「心底呆れた奴だぜ。覚えられるならそれで問題なし、理屈なんか考えもしないだろうがよ。それを損した気分って……どんだけ魔術好きなんだ」

「ふむ、なんと凄まじい探究心、そして志の高さでしょうか。かつて教皇にも神聖魔術を授けましたが、それに勝るとも劣らないとは」

二人がブツブツ言っているがそんなことより神聖魔術である。

俺はその感覚の赴くまま、術式を起動させる。

神聖魔術『光武』。

眩い光が俺の手元に集まってきて、光の剣を作り出した。

出した、が……


「お、おいおい、剣の巨大化が止まりやせんぜ⁉」

光の剣はどんどん大きく、長くなっていく。

「『光武』は術者の魔力を吸えば吸うほど強化される。ロイド様の魔力が並外れている結果です。素晴らしい」

「言ってる場合か！　このままだと部屋を破壊しちまいますぜ！」


グリモの言う通り、このままじゃマズい。

そう感じた俺は即座に術式を書き換え始める。

光の剣に制限術式を組み込み、これ以上大きくなるのを抑える。


「と、止まった……？」

「うん、危うくシルファに怒られる所だった」

壁へ到達する直前で、光の剣は伸びが止まる。

それにしても随分立派な剣だな。

刃の部分が異常にデカいし、柄の部分もやたらトゲトゲしている。

ジリエルが使っていたのはもっとシンプルだった気がするんだが。

「おお……なんという神々しさ、大天使様の八翼を思わせる。『光武』は術者の力ある形を現す。これがロイド様の剣か……！　素晴らしい！」

「なんつー禍々《まがまが》しい形だ。まるで暗黒竜の顎みたいじゃねぇか。こいつの魔力はやっぱり底が知れねぇぜ……！」

二人は何やらブツブツ言ってるが、とりあえず部屋が壊れなくて良かったと言ったところかな。

◇◇◇

あれから色々調べたが、神聖魔術には大きく分けて浄化と具現化、二つの系統があるようだ。

浄化による対魔性能は不死や霊体属性以外にも効果はあるようで、具現化も武具以外も生成可能と意外と能力の幅は大きい。

「んー、でも神聖魔術は術式を弄《いじ》りにくいんだよな」

魔術は複雑な術式の組み合わせで発現している。

理解していない部分を弄ると効果そのものが発現しない恐れがある。

特に神聖魔術のように制約が強いものはその傾向が顕著だ。


「神聖魔術に使われている魔術言語は天界のものなので、ロイド様には読みづらいでしょう」

「術式も単純すぎて逆に弄りにくいんじゃないんですかい？」

「あぁ、やるとしたら簡単な術式を追加するくらいだな」

今まで試したのはほとんど具現化ばかりだ。

剣や鎧、盾に斧《おの》、その他諸々作り出してみたが……正直どれも代わり映えしないし面白みに欠ける。

「今度は浄化を試してみたいところだが……」

「ふっ、いいではないか魔人よ。キミが浄化の的になってみては？」

「ばっかやろークソ天使、ロイド様の浄化なんか食らったら即死するわ！」

グリモを実験台にするのも悪くはないが、魔人の使い魔というのもそれなりに貴重だ。

浄化で消してしまうにはちょっと惜しい気がする。

実験台もだが、俺一人だとアイデアにも限界があるし試し方にも偏りが出てしまう。

やはり新しい魔術を発展させるにはある程度の人数が必要だ。


「……そうだ、こういう時の為にあいつらがいたっけか」

そう呟いて俺は空間転移を発動させる。

向かった先はロードスト領主邸。

ここは以前の働きで与えられた俺の領地で、かつて暗殺者ギルドに所属していた者たちが働いている。


「おおっ、ロイド様じゃないっすか。お久しぶりです」

「元気にしているか？　ガリレア」

禿頭《はげあたま》の男、ガリレアがすぐに俺を見つけて頭を下げてきた。

ガリレアは暗殺者ギルドをまとめていた人間で、今はここで俺の代わりに領主をやらせている。


「どうだ、仕事は慣れたか？」

「まぁなんとかって感じですな。色々と大変ではあるけど、やりがいはある仕事だぜ。人のために働くってのもいいもんだ」

うんうんと頷くガリレア。

やはり以前まとめ役をやっていただけの事はあるな。

俺の人選に間違いはなかったようである。

「おっと、もちろん能力の開発もサボってはないぜ。……ほいっと」

そう言ってガリレアは指先から粘着力のある糸を飛ばし、離れたテーブルからペンにくっつけ手元に引き寄せた。

ガリレアの能力は蜘蛛《くも》の糸のような粘着力のある魔力の塊を生み出すというもの。

以前はもっと雑だったが、かなり細やかなコントロールが出来るようになっているようだ。

「……とまぁこんなもんよ。今は糸の出力や粘度の制御を練習中だ。そのうち術式化もしてぇところだが、まだまだだな」

「うん、その調子で励んでくれ。それと今日来た目的なんだが、とりあえず他の皆を呼んでもらえるかい」

「もちろんかまわねぇぜ。皆もロイド様に会いたいだろうしな。ちょっと待っててくれ」

しばらく待っていると、ガリレアは三人の男女を連れてきた。

タリア、バビロン、クロウ、皆暗殺者ギルドの人間で、同様に能力を持つ者たちだ。

三人は膝を突き、俺の前に跪《ひざまず》く。

「これはこれはロイド様。ご機嫌麗しゅう」

「やぁ久しぶり。突然だが皆に神聖魔術を覚えてもらおうと思ってね」

「神聖魔術？　聞いたことはありますが、我々に覚えられるものなのですか？」

「ちょっとツテがあってね。まぁやってみるさ――ジリエル」

「は⁉　こ、この者たちに我が奇跡を授けろと⁉」


俺の言葉にジリエルが慌てたように声を上げる。


「あぁ、もちろん出来るのだろう？」

「そりゃあ出来る出来ないで言えば出来ますが……」

「じゃあ頼む」

「ぬ、ぐぐぐ……こんなどこの馬の骨ともわからぬ連中に……男は論外だし、女はややトウが立っている……私のストライクゾーンは十八までだぞ。……くっ、やはりどう考えても推せん。だが楽園のようなこの地上での生活の為にはロイド様の機嫌を損ねるわけにも

「……背に腹は代えられぬか……」

「頼むよ」

「……わかりました。この者たちに神聖魔術を授けましょう。彼らに手をかざしてください」

歯噛《はが》みするジリエルだったがどうやら観念したようだ。

言われた通り手をかざすとガリレアたちを淡い光が包み込む。


「おおっ！　なんだこりゃあ⁉　頭に奇妙な文字が浮かんでくるぜ⁉」

「これが神聖魔術……ほうほう、中々素晴らしいもののようですねぇ」

「使い方、わかっタ！」

「へぇ、光が出たよ！　すごいもんだねぇ」

四人が思い思いに神聖魔術を使い始める。

うん、どうやら使えるようになったようだな。

能力者は幼き頃より魔力に触れてきた。魔術の素養はあると思っていたが、予想通りだ。

「あぁ……私の神聖魔術がこのような輩《やから》たちに……嘆かわしい……」

「ジリエル、彼らが神聖魔術を使おうとしたらすぐに魔力経路《バス》を通してやってくれよな。

――皆も協力して様々な神聖魔術の使い方を見つけて欲しい。あ、一応言っておくがこのことは内密にな」

城の人間にこの事を話されたら、俺の平穏な生活が崩れ去ってしまうかもしれない。

同じ理由でレンにも言えない。

シルファにバレてしまうかもしれないからな。

あくまでも『魔術好き』程度だと思っていて貰わないと困る。


「了解しましたぜ！　ロイド様」

これで各々が自由な発想で、様々な方面に神聖魔術を発展させられるだろう。

俺はその上澄みを掬《すく》い取ればいい。うん、やっぱり仲間がいるってのはいいものだな。

◇◇◇

「さて、俺は実戦で使ってみたいところだが……そうだ、タオがグール退治の依頼を受けたと言ってたっけ」

空間転移で城に戻った俺は、ふとタオとの会話を思い出した。

不死属性を持つ魔物――グールであればそこそこタフだろうし、実験相手には丁度いいかもしれない。

「まだ依頼が残ってるかもしれないし、冒険者ギルドに行ってみるか」

そうと決まれば善は急げだ。

「行くぞレン」

「わかったよ。何かあってもボクがこの身に代えて守るから。安心してね、ロイドっ！」

レンを連れて冒険者ギルドへ向かおうとした、その時である。

後方から何か、強烈な視線を感じる。

思わず振り返るとそこにいたのは――シルファだ。

壁から半身を乗り出して俺たちをじーっと見ている。その傍らにいるシロもまた同様にこちらを見ていた。

「し、シルファ……？　どうしたの？」

「いえ、何やらお二人で楽しそうなご様子だと思い見ていただけでございます」

「くぅーん……」

すごく寂しそうな目だ。レンが小声で話しかけてくる。

「ねぇロイド、もしかして一緒に行きたいんじゃないかな」

「そうかもしれないな」

「そうだよっ！　誘った方がいいんじゃない？」

シロならともかく、シルファを誘うと実験がやりにくくなるからなぁ。

だがあのまま放置しておくと、帰った後で不機嫌になるかもしれない。

そうしたら剣術の特訓が倍になるかも……それは嫌だ。やれやれ、仕方ないか。

「あーその……よかったら一緒に来る？」

ため息交じりの俺の言葉にシルファとシロはぱあっと目を輝かせる。

まぁシルファが来るならそれはそれ。『光武』関連で試したいことも色々あったしな。

存分に実験させて貰うとしよう。

◇◇◇

俺は二人とシロを連れ冒険者ギルドへ足を運ぶ。

中に入ると、受付嬢と目が合った。


「ああああっ！　ロ、ロイドさんじゃないですかっ！」

受付嬢は大きな声を上げると、机に身体を乗り出す。

「お久しぶりです！　というかもっと来てくださいよっ！　ロイドさんはDランクで止《とど》ま

っているような人材じゃありません！　もっと通ってくれればAランクくらいすぐ上がるんですから、もったいないとは思わないんですかっ⁉」

「いやぁ、別に」

「ぎゃふん！」

かと思えば机に突っ伏す受付嬢。慌ただしいな。

「安心しなさい受付嬢、ロイド様は今回ちゃんと依頼を受けに来ましたよ」

「おおっ！　本当ですかっ！」

「うん、グール、グール退治の依頼はある？」

「……グール、ですか。確かに数日前から街に被害が出ているという報告を受け、ギルドにも依頼が来ていますね。少々お待ち下さい」

受付嬢は奥へ行くと、数枚の紙を持ってきた。

「こちらが依頼書です。ロイドさんのランクでも受けられるので、好きなのをお選び下さい」

渡された依頼書をパラパラと眺める。

北の大墓地、東の裏通り、街の東西を繋ぐデーン大橋……ふーん、結構色々と出没しているんだな。

「では全部貰います」

「全部ですかっ⁉　そ、それはいいのですが、受けた以上達成できなければ罰金があるのですよっ⁉　最悪降格も……それでも構わないのですか⁉」

「うん、構わないよ」

不死属性の魔物は、この辺りにはあまり多くない。

だったら他の冒険者に取られる前に全部受けておいた方がいい。


「ふむ、確かにロイドさんの実力ならグールくらいさっさと倒してしまうでしょう。これだけ依頼をこなせばCランクには上がれそうですし、せっかく来てくれたのに気が変わったら元も子もありませんからね。ふふふ、ロイドさんはたまにしか来ないけれど、そのたびにしっかり仕事はこなしている。焦らずこの調子でいけば半年、いや一年後にはAランクも見えてくるかも……」

何かブツブツ言いながら、受付嬢は咳《せき》ばらいを一つした。

「……こほん、わかりました。本来ならDランクの方は一つずつ依頼を受けることになっているのですが、今回は特別ですよ」

「ありがとう」

「ロイドさんには期待していますから。Aランク目指して頑張りましょう!」

受付嬢は笑顔で頷くと、鼻歌交じりに依頼書に記入を始める。

よし、実験台確保。これで神聖魔術の実験は出来そうだな。


「おいおい受付嬢さんよ、えこひいきは感心しねぇなぁ」

「そうだぜ、依頼は一つずつ受けるのがマナーだろ？　その依頼、俺たちも受けようとしてたのによぉ」


後ろからの声に振り向くと、男二人が立っていた。

「いようクソガキ、先日は世話になったなぁ？」

……誰だっけ。全く記憶にない。

首を傾げていると、男の片割れが俺に詰め寄ってくる。

「このガキ、とぼけた顔しやがって！　俺たちのズボン切り裂きやがったのを忘れたのかよ、あぁ⁉」

「その上どんな手品を使ったかしらねぇが、訳のわからねぇ魔術で岩山の頂上に飛ばしやがって！　一日かかってようやく降りてこれたんだからなぁ⁉　もう我慢ならねぇ！　ぶっ殺してやる！」

「ロイド！」


間に入ろうとするレンを、シルファが止める。

何故？　とシルファを見るが、必要ないとでも言わんばかりに首を振って返した。

うん、それでいい。下手に手を出すとレンの方が怪我する恐れがあるからな。

男たちが俺の胸倉に摑みかかろうとするが、魔力障壁がそれを阻む。


「がっ……⁉　なんだこりゃあ……⁉」

「テメェふざけやがって！」

もう一人の男が拳を振り上げ、殴りつけてきた。

だがそれも自動展開された魔力障壁で防ぐ。


「な、何をしやがった？」

「ただの魔力障壁だけど」

「魔力障壁だとぉ⁉　そんな高速で、かつ硬ぇ魔力障壁があるわけねぇだろが！」

本当なんだけどなぁ。

そんなに驚くほどだろうか。

「全く、どこの世界にもこのような輩はいるものですね。実力差がわからないというかなんというか」

「クソ天使、テメェも似たようなもんだぞ……」

ジリエルとグリモが何やらブツブツ言っている。

ふむ、そういえば人間相手に浄化の神聖魔術を使えばどうなるか試すいい機会かもしれないな。

人体には影響がないらしいし、最弱で撃てば死にはしないだろう……多分。

というわけで浄化系統神聖魔術『微光』を発動させる。

「んアーーーーーッ⁉」

男たちはびくん、と背をのけぞらせ、ばたりと倒れ込む。

しかしすぐに何事もなかったかのように起き上がってきた。ほっ、一安心。

安堵していると、男たちは俺を見るや否やいきなり跪いてくる。

「まことに申し訳ございませんでしたあっ！」

突然の行動に、その場の全員がキョトンと目を丸くする。


「先刻までの俺たちはどうかしていたんです！　どす黒い感情に支配されていて、ロイド様を見ていると思わずカッとなってしまい……」

「えぇ、ですが今は晴れ渡る青空のように清々しい気分です！　街に蔓延《はびこ》るグールを退治してくれようとしていたロイド様に何という無礼を働いたのでしょう！　依頼を幾つ受けようが何の問題がありましょうか！　先刻の非礼、心の底からお詫《わ》び申し上げます！」

いきなりどうしたんだろうか。さっきまでとあからさまに様子が違う。

「神聖魔術には悪しき心を清める効果があります。ロイド様の御力にてあの輩たちの心が浄化されたのでしょう」

「おいおい、浄化っていうか完全に人格崩壊レベルじゃねぇか……」

「本来はここまでの効果はないのですが……ロイド様の魔力あればこそでしょう。流石という他ありません」

したり顔で解説するジリエルにドン引きするグリモ。

確かに人格まで変えてしまうのはちょっとヤバい気がするな。

悪しき心とやらがどこまでを指すのかわからない以上、やはり人間相手には使わない方がいいだろう。

「えーと、それであまり大量の依頼を受けるのは良くないんだっけ？」

「いえいえ、問題ありませんとも！」

「はい、私どもは最初から嫌がらせが目的で、依頼を受けるつもりなど全くございませんでしたし」

「おっと、これ以上はロイド様の邪魔になってしまいますし、ここらでお暇《いとま》するとしましょうか」

「それではご機嫌麗しゅう」

男二人はそう言って、さわやかな笑顔で去っていった。

うん、確かに神聖魔術は危険だな。

みだりに使用するのが禁止されてるだけはある。

「グール退治の依頼は難易度が高い割に報酬が少ないので受ける人が少ないし、重複して受けるのも少々マナー違反ではあるものの、規則で禁止されているわけではありません。ロイドさんの実力なら確実にこなせるでしょうし、少々多めに受けても問題ありません」

「そうなのか。じゃあ遠慮せず」

「……ただこの依頼を受けた者の中には行方不明者も何人か出ています。ロイドさんは大丈夫だと思いますが、くれぐれも気を付けてくださいね」

「あぁ、わかっている」

受付嬢に別れを告げ、俺はグール退治へ赴くのだった。

◇◇◇

冒険者ギルドを出た俺たちは、グールの出現場所で一番近いデーン大橋へ向かっていた。

「それにしてもこの街に魔物が紛れ込んでいるなんて、信じられないよ……」

「魔物というのは案外街の中に潜んでいるものです。レンも貧民街の生まれなら、ネズミなどの小動物系の魔物くらい見たことあるのではないですか？　この辺りだとスライムやデカネズミなどがそうですが」

「そりゃあるけど……ってデカネズミって魔物だったの⁉　嘘ぉ……ボクそれ食べてたん

だけど……」

シルファの言葉にレンはへこんでいる。

そういえばレンは食料に困ってネズミとか捕まえて食べてたんだっけ。

魔物はダンジョンで生まれて成長につれて各地に散らばっていくのだが、小動物系の弱い魔物は街などへ入り込み生活しているものもいるらしい。

駆け出しの冒険者などは下水道のネズミやスライム退治から始まるものだ、と受付嬢が言っていた気がする。


「とはいえ、グールのような不死属性の魔物が街に出没するというのは珍しい事です。奴らは下位の魔物と比べて戦闘力がかなり高い。速やかに倒さなければならないでしょう」

「デーン大橋の近くには沢山の人が住んでいる……みんなの安全のために頑張ろうね、ロイドっ！」

「オンッ！」

元気よく吠《ほ》えるシロ。

貴重な実験材料だからな。言われるまでもなく一匹たりとも逃がすつもりはない。

それから歩くことしばし、目的地であるデーン大橋へと辿り着く。

街を縦断するように流れる大河、その中心に架《か》かったデーン大橋は物と人が行き交う交通の要である。

橋の上を馬車や人々がせわしなく行き交っている。

「うーん……何かが起きている感じはないね。普通の雑踏に見えるよ」

「ですが普段のこの時間からすると、かなり人通りが少なく感じられます。それにどこか空気が淀《よど》んでいるような……」

「ウウウ……」

シロも唸り声を上げて同意する。

ん、何か妙な気配を感じるな。

魔力集中にて辺りを注視してみると、人間とは違う何者かが通ったような痕跡を見つけた。

そしてそれは河川敷の方へ続いている。

「とりあえず降りてみるか」

土手から降りて痕跡を辿っていくと、橋の真下へたどり着いた。

「ロイド様、あれを」

「あぁ、下水道だな」

橋の下にポッカリと開いた巨大なトンネル。

ここは街に張り巡らされた水路の行きつく先、巨大な排水溝である。

中は街中の下水道から水が流れ込んでおり、魔物が存在できるほど広い空間もある。

実際痕跡も奥へと続いているし、ここがグールの住処《すみか》に間違いなさそうだ。

「どうやらこの中にいそうだな」

「わかった、着替えるねっ！」

レンはそう言うと、瞬く間にメイド服を脱ぎ捨てて薄生地の黒装束になる。

暗殺者ギルドにいた際に着ていた動きやすそうな服だ。

シロもやる気満々といった顔で尻尾をぶんぶん振っている。

「ちょっと待てレン、そのまま下水道に入ると服が汚れてしまうだろう」

「汚れてもいいような服を着てきたんだけど」

「それでも汚れない方がいい。シルファとシロもこっちに来て」


俺が念じると、レンとシルファ、シロの身体を淡い光が包み込む。

風系統魔術『微風結界』。

身体の周囲一センチほどを風の結界で覆う魔術で、これを張っていれば衣服や素肌を汚さずに作業できるのだ。

「わ、何これ⁉　身体の周りに空気の膜みたいなのが出来たよっ⁉」

「密閉された空気の層が何枚も重なっているので泥水とかも入らない。それに踏ん張りも利くし、問題なく動けるはずだ」

「これは素晴らしい……なるほど、ロイド様が外出なされた際にやけに服を汚さないのはこういった魔術を使っているからなのですね」

　感心するように頷くシルファ。

　ちなみにこれは俺が普段から幾つも自動展開している結界の一つである。

「ただ防御目的ではないので、ダメージを受けると破裂するので一応注意してくれ。もちろんそれとは別の魔力障壁を展開するけど、不用意に尖《とが》ったモノなんかには触れないように」

「うん、わかったよ！」

「了解いたしました」

「じゃ、行こうか」

「オンッ！」

　俺はレンとシルファ、シロを従え、排水溝へと入っていく。

魔力光を浮かべて辺りを照らしながら汚水の流れる用水路の脇を歩いていると、ネズミや虫が俺たちを避けて逃げていく。

排水溝の中は汚物とよどんだ空気でひどい悪臭がするはずなのだが、『微風結界』のおかげで新鮮な空気が吸えていた。

「二人共、大丈夫か？」

「えぇ、ロイド様のおかげです」

「うんっ、全然平気だよ」

そう言って頷くシルファとレン。

一応気を遣って聞いてみたが、顔色も悪くないしこれなら問題なく進めそうだな。

シロも平気な顔で先頭を歩いている。おーい、あんまり先に行くなよな。

「これがロイド様の『微風結界』……何という快適さでしょう。下水道がまるで爽やかな高原のようではありませんか。私が昔パーティを組んだ者たちの『微風結界』は空気の清浄能力も今一つな上にすぐに割れてしまい、しょっちゅうかけ直さねばならないという使い勝手の悪いものでした。戦闘に直接関係がないからと修行を怠っていたのでしょうね。神は細部に宿る、このような小さな魔術一つとってもロイド様の魔術師としてのレベルの高さがうかがい知れるというもの……流石ですロイド様」

「こんな魔術が使えるなんてやっぱりロイドはすごいや。よぉし、ボクもいいところを見せるぞ！　そしてロイドに褒めてもらうんだ！　……えへへ」

二人は何やらブツブツ言いながら、ついてきている。

ボーッとしているが、大丈夫だろうか。

まぁ魔物が出てきても、シロが吠えて教えてくれるし問題ないか。

俺は下水道を奥へ奥へと進んでいくのだった。


痕跡を辿り下水道を進むことしばし、突然巨大な広場に出た。

恐らく街の中心部の地下なのだろう。

あちこちに巨大な穴が開いており、水路の合流地点になっているようだ。

「ここなら隠れる場所が沢山ありそうだね」

「あぁ、何か潜んでいる気配がする」

何かが通った痕跡が沢山残っている。

恐らくここを根城としているのだろう。

「炙《あぶ》り出してみるか」

浄化系統神聖魔術『陽光』。

光を放つ魔力球が頭上へとゆっくり登っていく。

これは頭上に巨大な光源を浮かべる神聖魔術だ。

暗闇で灯りをつけると敵から攻撃の対象になりやすいのだが、『陽光』は攻撃も兼ねているのでそれをある程度避けやすい。

まるで真昼の太陽に照らされたかのように、暗闇が晴れていく。


「チュ――――ッ!?」


辺りに隠れていたネズミたちが逃げていくが、逃げ切れずパタパタと倒れては蒸発していく。

「この光、神聖魔術でしょうか。そういえば先日教会へ行っていましたね。もう習得してしまわれるとは、流石ですロイド様」

「すごいよロイド！　下水道の汚れまで消えていってる！」

固まってこびりついた泥や汚れも砂のように崩れていく。

神聖魔術ってもしかしてお掃除に便利なんじゃないだろうか。

「なぁジリエル、ネズミや汚泥は魔物じゃないだろ？　何であんなふうに消滅したんだ？」

「『陽光』は聖なる光にて不浄を清める効果があります。不浄のイメージであるネズミや汚泥を清める効果が出たのでしょう。……とはいえこの効果範囲と威力は規格外と言わざるを得ませんが。流石はロイド様、圧巻の魔力量でございます」

「ですがこれだけ広範囲を常時攻撃してたら、魔物どもも近寄って来れないですぜ」

確かにグリモの言う通りだよな。

どうしたものかと考えていると、シロが俺の前に飛び出してきた。

「オンッ！」

「ふむふむ、ほうほう……ロイド様、シロの奴が魔物を見つけてくるって言ってやすぜ」

「へぇ、じゃあシロ、頼んでもいいか？」

「オンオンッ！」

シロは誇らしげに鳴くと、すごい勢いで走り始めた。

トンネルに飛び込むシロを待つことしばし、遠くから何か音が聞こえてくる。

シロの入ったトンネルから出てきたのは大量のネズミだった。

「オンッ！　オンオンオンオンッ！」

どうやらシロが追いかけ回してきたようだ。

飛び出してきた大量のネズミに次々と『陽光』の光が浴びせられる。


「チュ――――ッ⁉」


即座に蒸発していくネズミたち。

効果は抜群だ。雪崩《なだれ》のように飛び出してきたネズミたちはあっという間に消滅し、いなくなってしまった。

「キャウン⁉」

せっかく集めたネズミがあっという間に消滅し、シロはショックを受けているようだ。

「気にするな、シロ。次はもっと大物を頼むぞ」

「オンッ！」

だが、俺が慰めるとすぐに気を取り直し、またトンネルの中へ飛び込んでいく。

うーむ、『陽光』は攻撃範囲が広すぎるのが玉に瑕《きず》だな。まぁ下水掃除だとでも割り切っておくか。

「ロイド様、また来ましたぜ！」

今度はネズミの群れに交じり、粘体型の魔物であるスライムが何匹もいる。

シロの奴、ちゃんと今度は魔物を連れてきたようだな。

グールはいないようだが、とりあえず実験はできそうだ。

まずは光を浴びたネズミの群れが消滅、次にスライムは動きを止めた。


「ぴぎっ⁉」


どうやら光を嫌って近づけないらしい。

俺に背を向け、シロの方へと向かっていく。


「オンッ！」


シロが鋭い爪でひっかくが、スライムは引き裂かれながらも構わず逃げていく。

スライムは魔物の中でもかなりの再生力を持っており、少々の攻撃ではあっという間に再生してしまうのだ。

「ロイド、スライムが逃げていくよ」

「……仕方ない、逃げ道を塞ぐとするか」

火系統魔術『炎獄結界』。

スライムを囲むように炎の壁が生まれた。


「ぴぎー！　ぴぎー！」


叫び声を上げるスライムたち。

逃げることも叶わず、炎は徐々に狭まっていく。

よし、『陽光』を当てるチャンスだ。

浮かべた魔力球を近づけていくと、光に照らされたスライムたちは力尽きたようにぐったりし始めた。

再生しているようだがそのたびに光はその身を焼いていく。

スライムはすぐに動かなくなり、そのまま煙を上げて消滅していった。

「なるほど、『陽光』は魔物を近づけない神聖魔術らしいが、それでも問題なく魔物は倒せるようだな。これだけ広範囲に、しかも味方に当てずに攻撃できる魔術は貴重だぞ」

広範囲魔術はどうしても味方を巻き込んでしまうからな。

だが『陽光』なら味方にはダメージがないし、広範囲を常時攻撃してくれているので不意打ちにも強い。

少し目立つのが玉に瑕だが、かなり便利な魔術なのは間違いないだろう。

「『陽光』は本来攻撃力は殆どないはず。それを逆に利用して、まるで弱火でじっくり炙るようにして使うとは……何という悪魔じみた使い方！　ロイド様、やはり恐ろしい方だ……！」

「へっ、ぞっとしねぇ殺し方だぜ。スライム共には同情すらぁ」

ジリエルとグリモがブツブツ言っている。

何かおかしな使い方をしているのだろうか。


「ロイド様」

ふと、シルファが真剣な面持ちでまっすぐ前を見る。

視線の先はトンネルの奥、漆黒の闇の中。

だがそこから漂ってくる気配は今まで俺たちが追ってきたものだ。

コツン、と高い音がして人影が出てくる。

死人のような青い顔、ただれた皮膚、真っ赤な目、鋭い牙。

——すなわち、グールである。

「ウ、ウウ……」

唸り声を上げながら鋭い牙を剝くと、グールは俺たちを睨みつけてきた。

どうやら本命の登場のようだな。


「ヴォォォォォォォォ！」


咆哮《ほうこう》を上げるグール。

どうやら住処を荒らされて怒っているようだ。

『陽光』の光を嫌がってはいるがそれでもダメージはあまりないらしく、怒りの方が大きいようである。

ずんずんと近づいてくるグールの前に、レンとシルファが立ちふさがる。


「下がってて、ロイド！」

「ここは我々にお任せを」

ふむ、ここは二人に戦ってもらうとするか。

試してみたいこともあったしな。

「じゃあ二人とも、これを使って」

手渡したのは『光武』にて作り出した光の剣だ。

シルファのは長剣、レンは短剣、共に二刀流である。


「これは……魔術の剣ですか。このような事も出来るのですね」

「わ、この剣すごく軽いよ。それに硬い」

「神聖魔術の一つだ。これが実戦でどの程度使えるか見てみたい」

「了解いたしました。いきますよレン」

「はいっ！」

シルファとレンは共に剣を構え、グールへと向かっていく。


「シャァァァッ！」

「っと！」

鋭い爪を振り下ろすグールだが、レンはそれをあっさり躱《かわ》す。

「避《よ》けてはいけません、レン」

「へっ⁉」

突然のダメ出しに、レンは目を丸くする。

「躱してしまってはその剣の実験にならないでしょう。受けて強度を確かめなさい。……このように」

シルファは手本を見せるかのように、グールの攻撃を光の剣で受ける。

すぱっ！　と光の剣に触れた爪は切断された。

「ヴォォォァァァ⁉」

「良い切れ味です。強度も十分。素晴らしい剣ですね、ロイド様」

「それはよかった」

シルファのお墨付きなら使用に問題はなさそうだ。

グールの爪を拾って断面を見てみると、少し焦げたような跡がある。

先刻スライムを焼いたし、神聖魔術は強い熱を発するようだな。

「なるほど、この光の剣で何が出来るかを知りたいんだね」

シルファの戦いぶりを見てレンは頷く。

「そうだ！　じゃあ剣にボクの毒を乗せたらどうなるか、見てみたいでしょ？」

「出来るのか？」

「多分。やってみるね」

レンが気合を込めると、手のひらに黒い霧が生まれた。

それが光の剣に吸収され、青色に染まっていく。

「おおっ、すごいなレン。ここまで能力を制御出来るようになったのか！」

「えへへ、ロイドに教えてもらったからね！」

誇らしげに胸を張るレン。

光の剣は『光武』により作り出した魔力の塊。

故に他系統の魔力を混ぜれば、また違った形を成す。

なるほど、これも合成系統魔術の一種と言えるだろうか。

術式や詠唱に固執せずとも、魔力同士を直に混ぜ合わせる事で似たような現象が起こるのは道理。

魔術師ではないからこその柔軟な発想である。

だが口で言う程、簡単ではないはずだ。

自身の能力について相当深い理解をしていなければ、既に実体と化した魔力に混ぜ込むなんて出来るはずがない。

毎日術式や能力制御について学ばせていたのが実を結んでいるようである。感心感心。

「じゃあ攻撃するよ……てやぁっ！」

レンの斬撃がグールを捉える。

吹っ飛ぶグールだが、大して効いてはいないようだ。

「あ、あれ？　さっきは斬れたのに……？」

「レンの毒が混じって、神聖魔術が濁ったからだろうな」

他の魔術はともかく、神聖魔術はかなり強い制限がある。

そういった魔術は非常にデリケートで、下手に術式を弄ったり加えたりするだけで効力が激減するのだ。

レンの毒が混じった事により神聖魔術の持つ浄化の効果が十全に発揮されず、グールに十分なダメージが与えられなかったというわけだ。

「むぅ、上手くいかない……」

「いや、おかげで面白い事を思いついたよ」

そう言って俺は『光武』にて光の剣を発現させる。

俺が魔力を込めると、光の剣が紫色に染まっていく。

「先刻と同じ……？　ですがロイド様、それではレンの二の舞では……」

「まぁ見てなって」

紫色に染まった光の剣を、グールに突き立てる。

するとその箇所を中心に、ヒビが広がっていく。


「ガ……ァ……!?」

苦悶《くもん》の声を上げながら、グールは乾燥した土が崩れるように崩壊していく。

「え？　な、なんで……？」

「毒系統魔術……その特性のみを合成してみた」


魔術には様々な特性がある。

炎は燃え広がり、氷は冷えて固まり、風は広範囲を高速で移動するように、毒は、侵した箇所から徐々に全体へ広がっていくという特性がある。

それのみを取り出し、光の剣に付与したのだ。

これなら神聖魔術の特性を殺すことはない。

「ほう……さしずめ聖属性の毒、とでもいったところでしょうか。神聖魔術にこんな使い方があるとは……やはり人間の魔術センスは非常に優れていると言わざるを得ないでしょう……いや、ロイド様が凄まじいだけなのかもしれませんが……」

「神聖魔術は、神どもが対立する魔界相手に優位に立つべく創り出したもんだ。俺たち相手には非常に強力ではあるものの、それ故に大した使い方をする奴もいなくて全く進歩もしなかった。だがロイドに好き放題やらせたら、凄まじい進歩をしそうだぜ……進化した神聖魔術の情報を天界に持ち帰られたら、魔界の連中は泡を吹くだろうな。まぁそのうちこいつの身体を乗っ取る俺様には関係ないがよ」

ジリエルとグリモが何やらブツブツ言っている。

とりあえず神聖魔術には他の魔術とは違った使い方がありそうだ。


「オンッオンッ！」


遠くでシロの鳴き声が聞こえてきた。

おっと、また魔物を追い立ててくれたようだな。

「ん？　妙だな……」

何か違和感を感じつつもトンネルから出てくるものを待つ。

だが飛び出してきたのはネズミではなく、シロだった。

一体どうしたのだろう。

俺の疑問は次の瞬間、解決した。


「ヴォォォアァァ！」


飛び出してきたのはグールの群れだった。

「グールの目撃情報は街中にあった。つまり下水道には相当の数がいるという事になりますね」

「も、もっといるかもしれないってこと⁉」

大量のグールに囲まれ、シルファとレンはじりと下がる。

沢山の実験台が来て、俺としては嬉しいが、少々危険かもしれないな。

シルファがいるから大規模な攻撃魔術は使えないし、普通に戦えば『微風結界』が破られるかもしれない。

そうなると——服が汚れる。それは避けたいところだ。

戦い方を考える必要があるか。

「おや、なんでロイドたちがここにいるあるか？」

そんなことを考えていると、トンネルの一つから声が聞こえる。

ひょこっと顔を出しているのは、タオであった。

「おやシルファ、それにレン。こんなところで会うとは奇遇ね」

ひょいと跳び降りると、猫のように身軽に着地するタオ。

「タオこそ、何故こんなところに？」

「グール退治よ。街のあちこちに出ているからね。調べ回ってたら、下水道へ行き着いたというわけある」

そういえばタオは俺たちより先にグール退治の依頼を受けていたっけ。

倒して回るうち、ここに辿り着いた、というわけか。


「これは……異国の少女か！　なんとも愛らしい格好だ。鍛え抜かれたしなやかさに加え、少女特有の柔らかな肢体が絶妙なバランスで成り立っている！　うーむ、タオたん……推せる！」

ジリエルが何やら息を荒くしながらブツブツ言っている。

よくわからんが放置だ。

「ふむ、ロイドが来たということはどうやらこの中にグールの根城があるということで間違いなさそうね」

「あまり信用されても困るんだけどな」

「この下水道は街中と繋がっています。グールの被害が街中に出ていることからして、間違いないでしょう。流石はロイド様です」

「でも、その前にこいつらを倒さないとね！」

グールの数は三十匹は優に超えている。

これは倒し甲斐《がい》がありそうだ。


「ひーふーみー……ねぇシルファ、アタシとどちらが多く倒せるか、勝負しない？」

挑発するようにニヤリと笑うと、タオは言葉を続ける。

「あれからアタシ、かなり修行したよ。その成果を見せてあげるね」

確かに、タオを纏う『気』は以前より強く、大きくなっている。

まるで堅固な鎧でも纏っているかのようだ。

見れば衣服も汚れていない。汚れや臭気をも撥《は》ね除《の》ける程、強力に練り上げた『気』。

相当修行を積んだのは間違いあるまい。

「私は構いませんが……」

ちらりとこちらを見るシルファ。

俺がグールを実験に使いたいと言ったのを気にしているようだ。

確かに実験は魅力的だが、タオの成長した戦いぶりも見てみたい。俺は頷いて返す。

「構わないよ。二人とも頑張って」

「わかりました。そういうことなら受けて立ちましょう」

「そうこなくちゃ！　アタシが勝ったら一つ言う事を聞いてもらうよ」

「いいでしょう。ロイド様の手前、私が負けるはずありませんが……もし私に勝てたらまたアルベルト様との茶会でも開きましょうか」

おいおい、アルベルトを賞品みたいに扱うなよ。一応俺の兄なんだけど。

イケメン好きのタオにはそれでいいのかもしれないが。

だがタオは唇に指を当て、んーと考え込む。

「それもいいけど……そうね、アタシが勝ったらちょっとロイドを貸して貰うよ。デートね。デート♪」

タオが俺を見て、ぱちんとウインクをする。

「将を射んと欲すれば先ず馬を射よ、というね。アルベルト様は手強いし、まずはロイドと仲良くしておくの悪い手じゃないよ。ふひひ」

ブツブツと独り言を言うタオ。

だがそれを聞いたシルファとレンはすごい迫力でタオを睨みつけている。

「……ほう、よりにもよってロイド様を引っ張り出すとは中々いい度胸をしていますね。良いでしょう。本気で相手をして差し上げます」

「シルファ、ボクもやっていいよね」

一体どうしたのだろうか。二人がすごい殺気立っている。

「むむ、このような美少女に囲まれ、あまつさえ奪い合いまで起きるとは……くぅっ、なんと羨ましけしからん！　だがこんな光景を間近で見られるなんて、ロイド様と共に来てよかった……！」

ジリエルが血涙を流しているが、心底どうでもいい。

それより皆の本気がみられそうだな。

ワクワクしてきた。


「では——開始と行きましょうか」

シルファの合図と同時に、三人はグールに向かって駆ける。

そして始まる大乱闘。連撃、斬撃、毒撃が乱れ飛び、そのたびにグールたちがぶっ飛んでいく。

「行くあるよ──」

独楽《こま》のように回転しつつ移動し、殴る。

そしてまた移動しては、蹴る。

それらを繰り返し行うシンプルながらも恐ろしく速く、そして重い。

あの小柄な身体のどこからあんな重さと速さが出てくるのやら、グールどもをばったばったとなぎ倒していく。

「ふ──『車輪連崩』」

あの動き、以前とは少し違うな。

恐らく『気』を構成する二つの要素、陰と陽の力を上手く使っているのだな。

反発し合う二つの力をタイミングよく切り替えることで反発力を生み、それを身体能力に上乗せしているのか。

タイミングが少しでも外れればあらぬ方向へぶっ飛んでしまうだろう。

面白そうだし後で試してみよう。

「……腕を上げましたねタオ。ですが私も以前共に戦った時と同じではありませんよ」

そう呟きを残し、シルファもグールを次々と斬り伏せていく。

なお、フェアじゃないとかで光の剣は使ってない。

にもかかわらず、二刀流によるシルファの剣技は相変わらずの冴《さ》えだ。

神聖魔術である光の剣を使わずとも、グールを相手にものともしないとは。

「……悪いけど、死んで」

一方華々しい戦いを繰り広げる二人とは裏腹に、地味に動いているのがレンだ。

二人の影に隠れるようにして移動を繰り返し、グールの背後から一突き。

決して素早いわけではないが、魔力遮断からの無防備な敵への一撃により、確実にグールを削っている。

三人の戦いぶりは凄まじく、あっという間にグールは数を減らしていく。

「すごい手際の良さだな。もう一匹しか残ってないぞ」

「ですがロイド様、彼女らはどうも最後の一体に苦戦しているようですぜ」

「あれはどうも普通のグールとは毛色が違うようです。どこか知性を感じられる……」

確かにあのグールだけは動きが違う。

明らかに他の連中よりも強く、防御主体で戦っているとはいえタオやシルファとも互角に打ち合い、レンの不意打ちも躱していた。

上手くトンネルに逃げ込めるよう動いている。

「逃げられるよ！」

「現在の撃破数は全員同じ、あれを倒した者が勝者です！」

「くっ……は、速い……っ⁉」

三人の攻撃をすり抜けながら、逃げようとするグール。

——面白い。皆には悪いが手を出させてもらおう。

魔力遮断。まずは気配を完全に断ち、グールに迫りながら『気』を練る。

これなら気配を断ったまま力を溜《た》められる。

更に陰から陽へ切り替え——と同時にすごい力が生まれる。

くっ、なんという力。だが上手くコントロールして……と。

吹き飛ばされながらも何とか地面を蹴って制御しグールの背後を取った。


「——ッ⁉　きさ……」


気づいた時にはもう遅い。更に陰から陽へと切り替え、グールへと一直線に跳ぶ。

跳びながら、『光武』にて光の剣を生成。

防御の姿勢を取ろうとするグールだったが、それを掻《か》い潜《くぐ》って一撃を喰《く》らわせた。

剣には先刻同様、聖属性の毒が仕込まれている。

「グォォォォォォォォッ⁉」

咆哮を上げながら、チリと化していくグール。

軽やかな足運びはタオ、剣術はシルファ、身を隠す動きはレン。

制御系統魔術『転写』により三人の動きを混ぜてコピーしてみたが、中々上手くいったな。

「主よ、申し訳ありま……ぐふっ」

そう言い残し、グールは消滅した。

あっ、こいつ喋れたのか。

しまったな。喋らせてから倒せばよかった。

消滅していくグールを見下ろしながら、俺は内心舌打ちをする。

最後に気になる言葉を残して消えやがって。

……主、か。言葉の通りならこいつよりも更に上がいるってことだろうか。

そして魔物もこいつだけとは思えないし、となると本拠地とやらはかなり大規模なものなのかもな。

「むー、ロイドが最後の一体を倒しちゃったから全員同率一位。引き分けね」

「そうなりますね。では一位が決まらなかったので賞品はなしという事で」

「ボクがロイドとデートしたかったのに……残念……」

三人は何やらブツブツ言いながら肩を落としている。

激しい戦闘だったからな。きっと疲れたのだろう。


「オンッ！　オンッ！」


シロがこっちに来いとばかりに、トンネルの前で吠える。

確かあそこから大量のグールが出てきたんだっけ。

ということは本拠地はあの向こうにある、か。

「行ってみるか」

シロに導かれるまま、俺はトンネルを奥へと進む。

道中、『陽光』で照らしながら歩くがグールの一匹すら出てこない。

おかしいな。この奥に本拠地があるなら敵が出てきてもおかしくはないのだが。

「何か妙ですね」

「どうかしたの？　シルファ」

「いえ、どんどん街の中心部へ向かっている気がします」

「グールの出現場所からはズレている、か」

依頼書にあった出現場所は中心部から離れた場所ばかりだ。

しかし改めて依頼書を見てみれば出現場所に法則があるのに気づく。

全ての出現場所を結んだ中心点、そこが現在向かっている場所のようだ。


「この辺りは、教会……？」

辿りついたのは先日俺たちが訪れた、教会であった。

梯子《はしご》を登り、蓋を開けると教会の裏庭にある下水溝に出た。

「結局、魔物はいなかったな」

まさか教会が魔物の根城になっているとは考えにくい……というかあり得ないだろう。

それにアンデッド系の魔物であるグールなんて、教会に近づきそうもないし。イメージ的に。


「ウウウゥゥ……」

だがシロはまだ唸り声を上げている。

うーむ、やはり何かあるのだろうか。

「な、なんだね君たちは⁉」

突如、物陰から現れたのは神父だ。

いきなり出てきて驚かせてしまったようである。

「勝手に敷地内に入ってきて、どういうつもりかね⁉」

「ごめんね。冒険者ギルドの依頼で魔物を追っていたら、たまたまここに繋がってたある。謝罪するよ。このとーり」

タオが頭を下げるが、神父は顔を真っ赤にして怒った。

「な、なんと、この教会が魔物の住処だと言うつもりか！」

「あいや、そんなつもりなかったよ！」

「うるさい！　この無礼者たちめ、即刻出て行け！　お前もだこの犬め！　しっ！　しっ！」

「ウウウゥゥ……！」

唸るシロを足蹴にし、声を荒らげる神父。

……何か妙だな。

神父は俺を疎ましく思っていたようだったが、基本的には悪い人間ではなさそうだった。

　シロのことも可愛がっていたのに、今はやたらと邪険にしている。

「あの神父とは幾度か会ったことがありますが、いつもはもっと温和な人物なはず……少し様子がおかしいですね」

「うん、前に会った時はもっと優しい人だったよ」

「ふむー、ご機嫌斜めあるか？」

　小首を傾げるタオ。なるほど、機嫌が悪いのか。

　そうだ、確か神聖魔術で性格が悪いのも直るんだったよな。

　だったら機嫌が悪いのも直るかもしれない。よし、試してみるか。

　俺は神父に一歩詰め寄る。

「な、なんだね……⁉」

「ちょっと失礼」

　俺は構わず神父の胸元に手をかざす。

　浄化系統神聖魔術『微光』。

　淡い光に照らされた神父が慌てて飛び退く。

　その身体から白い煙が上がっていた。

「ぐあああああっ⁉　き、貴様、その力は神聖魔術かっ⁉　何故私が神父に取り憑いてい

いる。

言われてみれば先刻のグールに光の剣を当てたのと同じように、身体から煙が上がって

ただ機嫌を直してもらおうと思っただけなのに、びっくりである。

えっ、そうなのか？

るとわかったっ⁉」

「なんと……おかしいとは思っていましたが、まさか魔物が神父に取り憑いていたとは

……！　それに気付くとは、流石はロイド様です」

「『気』の流れに不自然なところはなかった。神父本人に間違いなかったね。普通は気づかないよ。やるねロイド、大したものある」

「言われて魔力集中で見てみても、ボクには全然わからないのに……やっぱりロイドはすごいや！」

三人がブツブツ言いながら、熱い視線を向けてくる。

何だかよくわからないが、まぁあまり気にしなくてもいいか。

「ありゃレイスか。霊体型の魔物ですぜ。人に取り憑く厄介な奴でさ」

「ふむ……会話が通じるあたり、かなり知性が高い個体のようですね」

「とりあえず、神父の中から追い出した方がいいだろう」

そして尋問だ。洗いざらい吐かせてやる。

霊体型の魔物を相手にするのは初めてだな。色々試してみたいこともある。


まずはこの辺りからいってみよう。

──浄化系統神聖魔術『聖光』。

かざした手のひらからまばゆい光が放たれた。

「ハッ！　馬鹿め、教会に侵入している俺が、神聖魔術へ対策してないはずがないだろう！　この闇の外套《がいとう》はあらゆる神聖魔術を通さないのだっ！」

そう言ってレイスは黒い魔力のヴェールを生成し、身を隠した。

光がヴェールに直撃するが、レイスは平気そうな顔をしている。


「ロイド様、こいつは闇の外套ですぜ！」

「魔族の宿す魔力は負の性質を持つ。それを反転させることで対神聖魔術に特化した技です。上位の魔人でも数えるほどしか使えないのに、こんな所に使い手がいたとは……！」

なるほど、神聖魔術が弱点ならそれに対抗する手段があるのも道理。

確かに神聖魔術を防がれているようだ。……ならばどの程度の耐久力か試してみるか。

――浄化系統最上位神聖魔術『極聖光』。
俺の手が先刻よりもさらに白く輝き、凄まじいまでの閃光《せんこう》が神父を直撃する。
「ぐっ⁉ な、なんという威力！　だがまだ破れはしない……っ！」
おおっ、すごいな。
最上位神聖魔術にも耐えるとは。
よし、こういう時こそ魔力集中だ。
全身の魔力を遮断、かつ指先に魔力を集めて……と。
術式を広範囲から極小へと絞り、閃光を一点に集中させていく。
魔術は水のようなもの、出力範囲を絞ればその分威力は高くなる。
目も眩《くら》むような光が一点に集中し、その部分が高温で赤く染まり始めた。
煙も上がり、焦げ臭い匂いが辺りに漂い始める。

「な、なんだそれは⁉　ありえないぞぉぉぉぉっ⁉」

どおおおおおおん！　と大爆発が巻き起こり、レイスが光に飲まれる。
やべ、ついムキになって出力を上げすぎたか。
殺してないかなとヒヤヒヤしながら煙が晴れるのを見ていると……どうやら神父は無事

のようである。

ふぅ、ギリギリで術式を遮断したのが間に合ったか。

「な、なんと……使い手によっては主神クラスですら突破に苦労するような切り札。それを容易《たやす》く破るとは……何という凄まじい魔力でしょうか……！　さすがはロイド様……感服いたしました」

「くくく、魔界を見渡しても使い手の少ねぇ闇の外套すらものともせず、か。そうこなくっちゃ俺様の未来の身体とは言えねぇがな」

ジリエルとグリモがブツブツ言っているがそれよりレイスへの尋問が先だ。

俺が倒れた神父に歩み寄ろうとした、その時である。

「え……ロイド、君……？」

物陰から聞こえた声の方に振り向くと、そこにいたのは教会のシスター、イーシャであった。

「神父様……？　それにシルファさんたちまで……一体何が……？」

突然の事態に固まるイーシャ。

それは俺たちもだ。空白の一瞬、その隙を突いたのは神父に取り憑いた神父《レイス》だった。

神父の身体が跳躍し、イーシャを羽交い絞めにする。

「くはははははっ！　形勢逆転だな人間ども！　俺の正体を見破り、しかも闇の外套まで打ち破るとは驚いたがそれもここまでだ！　俺に近づくなよ⁉　この女がどうなっても構わないというなら話は別だがなっ！」

「し、神父様っ⁉　一体何をなさるのですっ⁉」

「うるさい！　貴様も静かにしろ！」

悶《もだ》えるイーシャに神父《レイス》が怒鳴り声を上げる。

「イーシャ！　神父は魔物に取り憑かれてます！」

「暴れたら危ないよ！　大人しくしてて！」

「ッ⁉」

ビクン、と肩を震わせるイーシャ。

顔は青ざめ、目には涙がじわりとにじんでいる。


「ああっ！　イーシャたんがあんなに涙を流して……ロイド様！　早く助けましょう！今すぐ！　さぁすぐ！」

「待て待て、いくらなんでもこの距離だと敵の方が速ぇ。攻撃の拍子にうっかり女を刺しちまうかもしれねぇからな。この状況で動くのはリスクが高いぜ」

「くっ……た、確かに……！」

慌てるジリエルをグリモが制する。

確かにこの状況で動くのは危険だ。

とはいえこのまま睨み合っていても埒《らち》が明かない。

……だったらアレを使うか。

俺が指先をぴくんと動かすと、神父《レイス》が声を荒らげる。


「おい！　そこのガキ！　動くのはもちろんだが、術式の起動も許さねぇ！　妙な事をしたと感じた時点で女は殺すぞ！」

「しないよ。何もしない」


——だってもう、終わったからな。

途端、地面から勢いよく石がせり上がり、二人の身体を宙に浮かせる。

土系統魔術『震牙』。神父《レイス》は何をされたかもわからず、イーシャを手放した。

「な、なにぃ——っ⁉」

「きゃあああああっ⁉」

飛んできたイーシャを受け止める。

よし、何とか助けられたな。

「大丈夫だった？　イーシャ」

「は、はい……ありがとう、ございます……！」

ギュッと俺にしがみつくイーシャ。

流石にちょっと重い。

「なるほどな。魔術師というのは基本的に手で魔術を放つ。普通の相手はどうしてもそこに注目してしまうだろう。だから指先を動かし、注意を引いた瞬間に足のつま先から術式を起動したんだな。手元から最も離れたつま先から一瞬、しかも極小の術式展開で放たれた魔術。慌てていた奴が気づかなかったのも無理はねぇぜ」

「うおおおお！　イーシャたんがこんな近くに！　柔らかな感触とぬくもり！　生きてよかった！　ハァ！　ハァ！」

グリモとジリエルがブツブツ言っている。

それよりまた人質を取られないようにしないとな。

「お、おのれ……だがまた他の人間に乗り移れば……ぐはっ⁉　なんだこれは⁉」

「結界だよ。逃げられたら面倒だしね」

イーシャから離した瞬間、俺は既に結界で神父の身体を封じている。

「馬鹿な……馬鹿なぁぁぁぁっ！」

神父《レイス》は結界を何度も叩《たた》くが、破壊する程の力はないようだ。

さて、ようやく尋問の時間である。

神聖魔術だけでなく、他の魔術の効き具合も見てみたいよな。

結局あまり試せなかったし。

「く……」

ふと、神父《レイス》が不敵な笑みを浮かべる。

「くはははははっ！　参ったよ。大した強さだ。……だがいいのか？　憑依した俺への攻撃は神父へのダメージにもなる！　俺が死ねばこいつも死ぬ。お前が殺したことになるのだ！　それでも俺を攻撃出来るか⁉」

むっ、言われてみれば確かにだ。

神聖魔術は人体には影響がないはずなのに、神父の身体からはダメージを受けた証《あかし》——

すなわち白い煙が立ち上っている。

「くっ、なんと卑劣な……！」

「これじゃ手が出せない……！」

歯噛みするシルファとレンを見て、神父《レイス》は勝ち誇ったように高笑いをする。

「ふはははは！　さぁどうするよ⁉　俺を殺すかぁ⁉　構わないぜ？　こいつの身体がどうなってもいいならな！　はーっはっはっは！」

が、俺にとっては関係ない話だ。

殺さない程度に痛めつける手段はいくらでもあるからな。

治癒魔術もあるし、全く問題にはならない。

俺が全く動じずに歩み寄るのを見て、神父《レイス》は顔色を変えた。

「お、おい近づくな。こいつがどうなってもいいのか⁉」

「ふっ、神父さんの身体を傷つけず魔物を倒す方法はあるよ。それに気付くとはやるね、ロイド」

いつの間にか俺の横にいたタオが、ぱちんとウインクをする。

「陰と陽、二つの反発し合う『気』を挟み込むようにして流せば、体内で中和され人体への影響は最小限にしつつ中の魔物を倒せる……ロイドはそれをやろうとしたあるな。アタシが陽の『気』を流すから、ロイドは反対側から陰の『気』を流すね。アタシが合わせるから、思いっきりやっていいよ」

なるほど、そんな方法もあるのか。

そんなつもりはなかったのだが、それはそれで面白そうだ。

よし、やってみよう。


「お、おいやめろ馬鹿！　手を離せ！」

「観念するよ悪霊。……ロイド！」

「うん、わかったよ」

俺とタオが神父の右手と左手をそれぞれ取り、『気』を練り込んでいく。

下水道で一度試したしな。たぶんこんな感じだろう。


「ふっ！」

練り込んだ陰の『気』を手のひらに集め、流し込む。

同時にタオも陽の『気』を流し込んだ。

「つぐ⁉　ぎゃあああああっ⁉」

神父の口から何か、白いモヤのようなものが出てくる。

あれがレイスの本体のようだな。

すかさずその箇所だけ結界を展開する。

「よし、捕獲完了」

暴れるレイスだが、無駄な足掻《あが》きだ。

普通の魔物に破られる程、俺の結界は甘くない。

「神父さんは……ん、問題なさそうね！」

神父の首元に手を当て、脈を確認するタオ。

どうやら成功したようだ。見様見真似だが、とりあえず上手くいってよかったといったところか。

「ふむ、やるねロイド、以前教えた『気』の使い方、順調に覚えていってるみたいある。この成長速度、毎日功夫を積んでる証よ……ん？　でも陰と陽の『気』についてはまだ教えてない気がするんだけど……まぁ教えずに出来るはずもないし、多分アタシが忘れてるだけね」

タオがブツブツ言ってるが、それより神父は目を覚まさないのだろうか。

魔物に憑依された感じってどんななのか聞いてみたいよな。

俺はワクワクしながら神父に気つけを施すのだった。


「……はっ！　こ、ここはどこかね⁉　私は一体……？」

神父は起きあがり、辺りを見回す。

「オンッ！」

「うおっ！　……キミはあの時のワンコか？　おおよしよし、こら、そんなにペロペロと舐め回すな。ははは」

シロが神父の膝に飛び乗ると、顔を舐め回している。

どうやら無事、元に戻ったようだな。


「大丈夫でしたか？　神父様はさっきまで魔物に憑依されていたんですよ」

「む……ロイド君が助けてくれたのか。……すまない、どうやら迷惑をかけたようだ」

「いえ、俺も色々都合が良かったですし」

結果的にレイスも捕えられたし、色々実験も出来たしな。

神父にも貸しを作れて万々歳である。

「ん？　何か言ったかね？」

「いいえ何も。それより取り憑かれていた時の事を憶えていますか？　出来るだけ詳細に教えてくれると嬉しいのですがっ！」

「い、いきなり目を輝かせてどうしたのかね⁉　……期待に応えられなくて残念だが憶えていないよ。眠っていたような感覚だな」

「なんだぁ……そうですか」

取り憑かれていた時の事は憶えていないのか。つまらぬ。

がっくりと肩を落とし、ため息を吐いた。

「と、ともあれありがとうロイド君。礼を言わせて欲しい」

「私もお礼を言わせて下さいっ！　本当にありがとうございました。ロイド君は命の恩人です」

そう言って頭を下げる神父とイーシャ。

「気にしないで下さい。それよりこいつの処遇ですが……」

俺はパタパタと手を振りながら、結界に閉じ込めていたレイスを見やる。


「さて、洗いざらい吐いてもらおうかな」

「ぐっ……俺が何故神父に取り憑いたかを聞きたいってのかよ……？」

「それもだが……さっきの攻撃を受けた感覚を知りたいんだけど」

陰と陽の『気』や神聖魔術、それを人体越しに受けた感覚。

どんなものだったか、気になるのが人情ってものだろう。


「それを聞きたいのはロイド様だけだと思いやすぜ……」

「えー、そんな事ないだろ」

「いや……うん、何でもないです……」

何故かグリモに呆れられてしまった。不条理である。

「……訳のわからぬ事を……だが無駄だ。俺は何も喋らぬ。主を裏切るような真似は出来ないからな！」

「主……先刻のグールも死に際に何か言いかけていましたね。やはり黒幕がいるという事ですか？」

「ふふ……想像に任せるとしよう……ぐふっ！」

そう言って、レイスは砂が崩れるように消滅してしまった。


「ありゃ、消えちゃった」

「精神体ってーのは敗北を認めた瞬間に大きく弱体化しやす。ダメージもかなり受けてたし、消滅しちまったんでしょう」

「そうなのか。色々聞きそびれてしまったな。残念」

折角、貴重な体験談を聞くチャンスだったのに。

「黒幕を聞く機会を逃してしまいましたか……」

「うん、一体誰が教会に魔物を送り込んだんだろう？」

「ふむー、神父さんは何か憶えてないか？」

タオの問いに神父は顎に手を当て考え込む。

「……いや、ここ数日の事は何も覚えていないのだ。私よりもむしろイーシャに聞いた方がいいだろう。何か気づいたことはあったかね？」

「そう、ですね……そういえば聖餐会の翌日辺りから、神父様の様子が少しおかしかったような気がします」

「ふむ……言われてみれば確かにその辺りから記憶がぼんやりしているな」

「という事は聖餐式の参加者の中に、神父様に悪霊を取り憑かせた人物が……！」

神父の言葉に、全員が息を呑む。

「聖餐会に参加するのは誰でも可能なのですか？」

「ええ、信徒であれば……ただ参加者の名簿は残っております。他には教会関係者も何人かいらっしゃってました」

「という事はその中に黒幕がいるのでしょうか。彼らの中には資産家も多数いる。怪しげな実験を行っていても不思議ではありません」

「ボクが調べるよ！　隠密行動は得意だからね。魔物を街に放つような奴を放ってはおけない！」

「それじゃ、アタシは冒険者ギルドで情報を集めるね。何かわかったら報告するよ」

何だかわからないうちに話が進んでいるが、犯人探しにはいまいち興味が持てないんだよな。

全部わかったら教えてくれ。黒幕には色々と聞きたいことがあるから。主に魔術関連で。

「むぅ、しばらく見ぬうちに教会がこうもキナ臭くなっているとは……ギタンの奴は何をやっているのやら」

「ギタン……誰だっけ？」

「この国の教会を束ねる教皇ですよ。彼はロイド様以前、唯一私が実力を認め、神聖魔術を授けた男です。あれほど勤勉で信心深い男はいないでしょう」

そういえばそんな名前だった気がするな。

ジリエルがそこまで言うなら、相当の神聖魔術の使い手なのだろう。

会う機会があれば、是非とも見せて貰いたいものである。

◇◇◇

——翌日、イーシャに呼び出された俺たちは教会に来ていた。

どうやら先日助けた礼をしたいという事らしい。

「ようこそ来てくださいましたロイド君。それにタオさん、レンちゃん、シルファさんも、先日は本当にありがとうございました」

「気になさらないでもよかったのですが」

「そうは参りません！　皆さんには命を助けていただいたのですから。きちんと礼をしなければ！」

イーシャは鼻息を荒くしている。

そこまで気にしなくていいんだがなぁ。

「まぁまぁ、アタシは嬉しいよ。貰えるものは病気以外は貰う主義ね。で、何してくれるの？　楽しみにしていいあるか？」

「もちろん！　実はこの近くにいいパンケーキの店がありまして。是非ご馳走《ちそう》させていただきたいんです」

「パンケーキ！」

俺は思わず声を上げた。

パンケーキは俺の好物の一つである。

たまにシルファが作ってくれるのだが、甘いものは食べすぎると良くないと制限されているのだ。

糖分は頭にいいんだぞ。

「あら、ロイド君はパンケーキがお好きなのですか？　それはよかったです」

「うん、甘いもの大好きなんだ。いいよねシルファ」

「もちろん構いませんとも。私としても、プロの作る物を食べさせてもらえればレパートリーも増えるというものです。ありがたくご馳走になります」

シルファも乗り気だ。

あのパンケーキがもっと美味くなるかもしれないと思うと楽しみだ。

「パンケーキ……って何？」

そんな中、きょとんと目を丸くするレン。

貧しい暮らしだったレンは食べたことがないようだ。

「レンはパンケーキ知らないか。甘くてふわふわでとっても美味しい点心《おかし》よ」

「へぇー、楽しみ！」

タオの話に食いついている。

聞いてたら俺までよだれが出てきたぞ。

イーシャはその様子を見てクスクス笑う。

「ふふっ、それでは早速参りましょうか。あ、お金は神父様から沢山いただいてますので、遠慮なく食べて下さいね！　では行きましょう！」

イーシャを先頭に、俺たちはパンケーキ屋へと向かうのだった。


「ここです！　このお店のパンケーキがとっても美味しいんですよ！」

駆け足で先頭を歩きながら、イーシャが声を弾ませる。

「特殊な手法でふわっふわに焼き上げたケーキを積み上げて、そこにまろやかな生クリームをホイップ。その上から甘ーい蜂蜜シロップをかけ、さらにさらにイチゴを載せた絶品パンケーキなんですよぅ！　ふふふーん♪」

よほど楽しみなのだろうか、鼻歌まで歌っている。

幸せそうなイーシャを見ていると、こっちまで無性に食べたくなってきた。

「ボクも楽しみ！」

パンケーキを食べたことがないレンも目を輝かせている。

イーシャに連れられて辿り着いたのは、中央通りから少し外れた場所にあるカフェだった。


「うわぁ、すごい行列ね」

「ええ、入るにはかなり時間がかかりそうですね」

そう、カフェには長蛇の列が出来ている。

最後尾の看板には百二十分待ちと書かれていた。

「んー、パンケーキは食べたいけど、二時間待つのはしんどいね」

「むぅ、いつもはもう少し空いているのですが……」

残念そうに唇を尖らせるイーシャ。

「どうしましょう？　……皆さんは並ぶの、大丈夫ですか？」

「ここまで来たんだし、俺は食べたいな」

俺が皆の方を向くと、三人とも頷いて返す。

「私はロイド様に従うのみです。個人的にレシピも気になりますし」

「こんなに待ってまで食べたい人がいるんだね。すっごく楽しみ！」

「いいじゃない。お喋りしてれば二時間くらいすぐに経つよ」

「オンッ！」

どうやら全員賛成のようなので、俺たちは行列に並ぶことにした。

「……ん？」

ふと、周りの人たちがこちらをチラチラ見ているのに気づく。

一体どうしたのだろうか。何やらひそひそ話をしているようだ。

「ねぇねぇあれってもしかして、ロイド様じゃない？」

「えぇっ⁉　第二王子であるアルベルト様の懐刀、魔獣を従え、魔剣を鍛え、最近は領主の反乱を潰してそこの領地を与えられたあの、ロイド様っ⁉」

「絶対そうよ！　あのメイドさん見たことあるもの！　……ねぇ、列を譲った方が良くない？」

「そうよね、きっとこれからサルーム国を背負って立つ方ですもの。変に目を付けられたらよくないわよね」

列に並んでいる人たちがブツブツ言っている。

かと思えば彼女たちは乾いた笑みを浮かべながら列を離れ始めた。

「そ、そういえば用事があるんでしたわ」

「ええ、ええ、そうですとも。買い物に行ってからにいたしましょう」

「あっ！　私も用事が……」「私も」「私もです」

まるで波が引いていくかのように、列に並んでいた人たちがどこかへ去ってしまった。

一体どうしたのだろうか。


「おや、皆さん居なくなってしまいましたね。……という事は私たちが先頭、という事でいいのでしょうか……？」

「いいんじゃない？　お腹も空いたし入っちゃおうよ」

なんだかわからないが時間を無駄にしなくてすんでよかったな。

いきなり行列がなくなって店員さんが驚いていたが、おかげで俺たちは早く入れた。


カランカランという鐘の音に歓迎され、中に入る。

店内は木造だが所々にセンスのよい置物が設置されており、お洒落《しゃれ》な雰囲気を醸し出していた。

「いい店だね」

「ええ、パンケーキ楽しみですね。さてどこに座りましょうか……ってサリア⁉」

イーシャが視線を向けた先、パンケーキをもぐもぐと口に入れるサリアがいた。

「まめ、あんでいーひゃほほいどはひは？」

「……頬張ったまま喋らないで下さい。サリア」

まるでリスのように頬をいっぱいに膨らませるサリアを見て、イーシャがため息を吐く。

サリアはモゴモゴと口を動かした後、コーヒーをグイッと呷《あお》り飲み干した。

ごくん、と喉を鳴らした後、口元をナプキンで拭う。

「――ふぅ。で、どうしたのよイーシャ。それにロイドたちもいるじゃない」

「じつは……」

イーシャは事の顚末《てんまつ》を語る。

それをサリアは時折頷きながら聞いていた。


「……なるほど、教会に魔物が。そのお礼なのね」

「ええ、皆さんには命を助けてもらいましたから。サリアは作曲ですか？」

「うん、やっぱり頭を使ったら甘いものを食べたくなるしね」

見ればテーブルには書きかけの譜面が置かれており、脇に立つ黒服がその束を持っていた。

サリアの護衛兼執事だ。サリアも一応王女だしな。外出時には流石に誰かを連れている。

「週末、また演奏会でしょ？　新曲作っておこうと思って。まぁでもちょっと疲れたし休憩するわ。あなたたちも座った座った。店員さん、椅子を用意してくれるかしら。五つ、よろしく」

サリアは店員にテキパキと指示をして、椅子を用意させた。

なんというか、慣れている。

「あんたたち、ここのパンケーキは初めて？　ならまずはプレーンを食べるのをお勧めするわ。というわけで五つ追加でよろしく。一つはデラックスダイナマイトの山盛りフルーツ載せ。……で、いいのよねイーシャ」

「サリアっっ！」

真っ赤な顔で声を上げるイーシャ。

色々勝手に注文されてしまったのだが……特にこだわりはないし別にいいか。

「ほらほらボーッとしてないで早く席に座りなさい。飲み物は各自注文する事。ここは紅茶かコーヒーがおすすめよ」

有無を言わさない迫力に、俺たちは席に着く。

かなりの仕切り屋である。

しばらく待っていると、香ばしい匂いが漂ってきた。

「お待たせしました。プレーンを四つとデラックスダイナマイト山盛りフルーツ載せを一つですね」

「……あの、山盛りは私で」

イーシャがやや頬を赤らめながら控えめに手を上げる。

その前にどかっと巨大パンケーキが置かれた。

デカい。俺たちの三倍はあるぞ。


「うわぁー、美味しそうー♪」

「さぁ、熱々のうちに食べちゃいなさい。シルファにレンも私たちに遠慮する必要はないわよ。ロイドも構わないわよね？」

「もちろんです。二人共、一緒に食べよう」

「はい、それではいただきます！」

パンケーキをフォークで一口大にカットし、口に入れる。

その瞬間、ふわっとした食感が口に広がる。

生地は信じられないくらい柔らかく、口の中で溶けていくようだ。

「ふわぁー！　なにこれ！　すっごく美味しいよ！」

「うん、こんな柔らかな点心《おかし》食べた事ないよ。新食感ね」

「一体どういう製法なのでしょう。パティシエに是非聞いてみたいですね」

三人も目を輝かせてパンケーキに舌鼓を打っている。

シロが尻尾をぶんぶん振って欲しがっているので、パンケーキを一枚食べさせた。

「オンッ！」

「よしよし、美味いか？」

美味そうにガツガツ食べるシロ。

こいつは魔獣だから何でも食べるのだ。


「ん～～～♪　やっぱりここのパンケーキは最高ですね～～～♪」

すごく幸せそうな顔でパンケーキを頬張るイーシャ。

「もーめもみょう。まんまはもんももめがむみめー」

サリアも口をいっぱいにしながら何か言っている。

何を言ってるかはわからないが、すごく幸せそうな顔だった。


「ぷはぁー！　食べた食べた！」

結構ボリューミーで、パンケーキ一つでお腹いっぱいになってしまった。

よくこの三倍を食べられたな……なんて少し呆れながらイーシャを見ていると、俺と目が合った後、恥ずかしそうに目を伏せた。

「そ、そういえばサリア、週末の演奏会はどこでやるんでしたっけ」

「ん、教会の本部でしょ。前の演奏会に来た時、教皇と話をしたじゃない」

「教皇……！」

サリアの言葉に、全員が息を呑んだ。


「……教会や下水道に魔物を潜ませた黒幕は信徒か教会の関係者、でしたね。そしてこれだけ大掛かりな事が出来る人物、かなりの力を持っているのは間違いないでしょう。例えば教皇とか」

「しかしまさか教皇様が……？　ありえません……その、はずです……」

「どちらにしろ、確認の必要はあるよ。演奏会に誰かがついていく、というのはどう？」

「じゃあ俺がついて行くよ」

すかさず手を挙げる。

教皇——ギタンが黒幕だと仮定すると、引きこもられたら中々会う機会を得られないだろう。

魔物が化けてたり、取り憑いてたりしてた場合でも、神聖魔術を当てれば何かしら反応するだろうからな。

　ジリエルの反応からいってすごい神聖魔術を使えるのだろうし。戦いになったらそれはそれでオイシイ。

「あら、ロイドも来るの？　じゃあ私と一緒に演奏してみる？」

「あらあら！　それはいい考えです！　私と一緒に歌いましょう！」

　サリアとイーシャが俺を見てにっこり笑う。

「え？　いや俺は……」

「まぁまぁ、遠慮せず。そうだ。ロイドあなた私たちの前座をやりなさいな。うん、それがいいわ。ていうかねじ込んでおくね」

「えぇえぇ、それはいい考えです。大丈夫ですよ。ロイド君の才能には前々から目をつけていましたから。これを機にデビューと行きましょう！　なーに心配はいりません。私たち二人で教えればきっと最高の演奏が出来るはずです！」

　なんだかわからないが二人の前座をやることになってしまった。

　異論をはさむ暇もなかった。何という勢い。

「さ、時間が惜しいわ。帰って特訓よ」

「お勘定、ここに置いておきまーす」

　そんなわけで二人に引っ張られながら、俺は店を後にするのだった。

「……驚いた。才能あるとは思ってたけど、ここまでとはね」

特訓開始から四日後、俺のピアノ演奏を聞いたサリアが目を丸くしている。

「まるで私自身の演奏を聴いてるみたい。本当に大したものだわ」

「あはは……ありがとう」

思わず愛想笑いを返す。

実際サリアの演奏をコピーしてるからな。

対象の動きを寸分違わずコピー、再現する制御系統魔術『転写』。

シルファの剣技を真似る為に使っていた魔術だが、当然他にも応用は利く。


「でもまだまだ私の劣化版の域を出てないわね。もっと練習を積んであなたなりのオリジナリティを出せるようになればもっと高みが狙えるはずよ。ま、時間もないしギリギリ合格点をあげるわ。ぱちぱち」

そりゃ、動きを劣化コピーしているからね。

完全に同じ演奏も出来るが流石に不自然なので精度を落として演奏しているのだ。

よってオリジナリティを発揮しろと言われても無理な話なのである。

「おめでとうございますロイド君、ようやくサリアからもお墨付きが出ましたね」

拍手をするイーシャ。

ちなみに歌の方《こちら》は、二日前に合格している。

イーシャの判定はサリアよりかなり甘めで『転写』のレベルは十段階で言うと四くらいで合格だった。

ちなみにサリアは十段階中八まで上げてようやくである。厳しい。


そして演奏会当日、俺たちは教会本部へと赴いた。

ちなみに本日は荷物はなし、本部には巨大ピアノがあるらしいからだ。

シルファたちは各々他の黒幕候補を調べているので、来たのは俺とイーシャ、サリアの三人だけである。

鉄格子に囲まれた大きな敷地の中には、幾つもの建物が入っている。

立派な正門には衛兵まで立っていた。

「はぁ、いつ来ても大きいわね。ウチの城より下手したらでっかいんじゃない？」

「流石にそれはないと思いますが……やはり本部は違いますね。ウチの教会と比べると雲泥の差です」

イーシャのいる教会もかなり大きいが、此処《ここ》はその十倍以上はありそうだ。

ともあれ衛兵に話しかけ、中に入れてもらう。

敷地内には沢山の信徒たちが集まっていた。


「うわぁ……すごい人だね」

「本部で行う時は大々的に告知しますからね。一般の方も入れるので、たくさん人が集まるんですよ」

「信徒を集めるのも兼ねてるんでしょうね。ったく商魂たくましいったら」

ため息を吐くサリア。

信徒でごった返している大通りを避け、俺たちは衛兵の案内で裏口からぐるりと回って演奏会が行われる本殿へと向かう。


「それにしても立派な建物ですな。坊主丸儲《まるもう》けとはよく言ったもんですぜ。これだけの建物を建てるのにどんだけ金がかかったのやら」

「それだけ広く信じられているのだ。ふふん、無能な魔人には出来ぬ芸当であろう」

「なんだと⁉」「なんだ?」

グリモとジリエルが何やら言い合っている。

こいつら仲いいな。意外と気が合うのだろうか。


「やっと着いたわね」

歩く事しばし、ようやく本殿へと辿り着いた。

巨大なドーム状の建物で中には数千人は入れそうだ。

裏口から入った俺たちは控え室に通される。

「準備が出来たら呼ばれるから、適当にしてなさいな」

「緊張してますか？　でもロイド君ならきっと大丈夫ですよ。もし失敗しても私たちがフォローしますから」

ちなみに俺は前座で、軽くピアノの弾き語りをすることになっている。

よくわからないがサリアが無理やりねじ込んだらしい。

全く無茶をしてくれるなぁ。

俺はコピーするだけだし問題はないけどさ。

それに考えてみればステージに一人だけの方が動きやすい。

「お待たせしましたー！　演奏会始まりますんで、前座の方は用意して下さーい！」

そうこうしているうちに呼ばれたので立ち上がる。

「あ、呼ばれたみたい。それじゃあ行ってくるね」

「がんばってくださいっ！」

「楽しんでおいで」

二人に見送られ、壇上へ向かう。

俺の登場に観客席に座った信徒たちは戸惑っている。

サリアとイーシャが出てくると思ったのに、俺が出てきたからだろうな。

まぁ俺の狙いは教皇だけだ。さーてどこにいるのやら。


「……あそこか」


観客席を一瞥すると、その一角、開けたスペースに柔和な笑みを浮かべる祭服を着た老人がいた。

周りに高位の礼服を着た老人たちを侍《はべ》らせているし、間違いなくあれが教皇だろう。

……おっと、あまり呆《ほう》けていたらマズいな。

俺は一礼してピアノの前に座ると、演奏を始める。

――ぽろん、ぽろろん、と静かに弾きながら、歌い始める。

子供向けの簡単な曲だが、サリアのピアノとイーシャの歌のコピーである。

最初は戸惑っていた観客たちも、一気に引き込まれたようだ。


――よし、今だ。

神聖魔術『微光』発動。

術式を弄り、光が出ないようにして放つ。


……だが、観客席では呻《うめ》き声の一つも上がらない。

もちろん教皇も平気な顔をしたままだ。

「むぅ、自分も確認していやしたが、どいつもこいつも顔色一つ変えやせんでしたね」

「神聖な教会に仕える者たちの中に悪人などいようはずがありません。やはり犯人は他の者では？」

ふむ、念のためもう一発撃ってみるか。

今度は気持ち、長めにだ。

しかしやはり数人が瞬きしただけで、誰の身体にも異変は起こらなかった。不発、か。

そうこうしているうちに演奏が終わった。

ぱちぱちと拍手の音に見送られ、俺はステージを降りる。

舞台袖ではサリアとイーシャが俺を迎える。

「いい演奏だったわよ。緊張もしてなかったみたいね」

「えぇ、えぇ！　驚きました！　あれだけの人の前で全く動じないなんて、本当にすごいです！」

「ありがとう。二人共」

でも、目的は達せられなかったな。

怪しい素振りを見せた者はいなかった。

やはりここにいる人間が黒幕ではないのだろうか。

残念だがまた手掛かりを探さなければならないな。


「……初めての演奏があれで、まだ満足していないとは……ふっ、やはり私の目に狂いはなかった。ロイド、あんたなら私を超える奏者になるかもしれないわね」

「素晴らしいですロイド君。成長に何より大事なのは『満足しない事』。あれだけの演奏をして、なおそんな不満そう顔が出来るなんて……あなたなら私を超える歌手になるでしょう」

二人がブツブツ言ってるが、ステージに上がらなくていいのだろうか。

とりあえず皆の報告待ちといったところか。

◇◇◇

「というわけで、こっちは収穫なしだった」

俺の言葉に、シルファも首を振る。

演奏会から数日後、俺は皆の報告を受けていた。

「私たちも全くです。手に入れた名簿から一人ずつ調査はしてみたのですが」

「ボクは偉い人たちの屋敷に忍び込んで調べてきたよ。でも特におかしな事はなかったかな」

「冒険者の中にも信徒はいるけど、彼らに聞いても目立った情報は手に入らなかったね」

肩を落とすシルファたち。

うーむ、どうやら時間がかかりそうだな。

「ロイド！」

いきなり扉を開けて入ってきたのはサリアだ。

「あんたたちもいたのね。丁度よかったわ」

「そんなに息を切らせてどうしたの？　サリア姉さん」

俺が尋ねると、サリアは俺をまっすぐに見て言葉を続ける。

「いい、よく聞いて。……イーシャが消えたわ」

サリアの言葉に、全員が息を呑む。

「先日、お茶の約束をしてたから教会を訪ねたの。でもいなかった。神父に尋ねても朝から来てないっていうし、家に行ったけど誰もいなくて……方々手を尽くして探し回ったけど、見つからないのよ！　……ロイド、あんたは魔術が使えるんでしょう？　どうにかして見つけられないかしら？」

あまり表情は変えてないサリアだが、足踏みをしたり落ち着かない様子だ。

いつになく不安そうである。

もしかして例の黒幕の仕業だろうか。

神父に取り憑いたレイスが払われたのを知っているとしたら、同じ教会で働いており、かつ神聖魔術の使い手であるイーシャに目をつけていても不思議ではない。

イーシャを追う事は黒幕を見つけるのにも繋がる、か。

「……わかったよサリア姉さん。イーシャには俺も世話になってるしね」

「頼んだわよロイド。私の数少ない友達だからね」

「じゃあ早速……シロ」

「オンッ！」

俺の足元に擦り寄ってくるシロを抱き上げる。

「イーシャの場所、わかるか？」

「くぅーん……」

俺の言葉に尻尾をたらんと垂らすシロ。

主人である俺の匂いならともかく、大して接点のないイーシャでは匂いを追えないか。

だったらこれを使えばいい。

強化系統魔術『感覚強化』。

これは使い魔用の魔術で、一部の感覚を大きく強化させるものだ。

人体には負担が大きいので使えないが、これでシロの嗅覚を強化すればイーシャを追えるはず。

「どうだシロ、いけるか？」

「オンッ！」

今度は元気よく返事をしたシロは、部屋を飛び出す。

「よし、行こう」

「私も！」

ついて来ようとするサリアを制止する。

「サリア姉さんは残ってて。俺たちに何かあったら、アルベルト兄さんに言って欲しいんだ」

「でも……」

「ロイド様は我々が命に代えてもお守りいたします。サリア様は危険ですので、お待ち下さいませ」

「……そうね。私が行っても足手まといだろうし。わかった。明日までには戻りなさいよ。でないとアルベルトに言いつけるわ」

「わかったよ。ありがとうサリア姉さん」

「うん、ロイドも気をつけて」

サリアに見送られながら、俺たちはシロを追う。

シロが向かったのはデーン大橋の下にある下水道。

やはりここに何かあるのは間違いなさそうだ。

「ロイド様の神聖魔術のおかげで、下水道が綺麗《きれい》になっていますね」

以前は床が汚泥まみれだったが、今はそれらがなくなっており走りやすい。

歩きやすくなった下水道を、シロが時折振り返りながら駆けていく。

「この方角……前と同じだよね。教会の方へ向かってる」

「あぁ、やはりあの辺りに何かあるのかもな」


「オンッ！　オンッ！」

突如、シロが壁に向かって吠え始めた。

「どうしたシロ？」

「ふむ、どうやら奥は空洞があるようね」

タオが壁を叩くと、こんこんと乾いた音が鳴る。

隠し通路、か。

見た目はただの壁だが、よく見ればここだけ色が違うように見える。

汚れが落ちた事でそれがわかるようになったのか。


「砕くよ——『練気掌』」

タオが壁に掌を触れると、そこから無数のヒビが生まれ、ガラガラと崩れ去った。

「おっと、少し強すぎたね」

「音消しの結界を張ってるから平気だよ」

こんな事もあろうかと、風系統魔術にて結界を張っており無用な音は外に漏れない。

少々騒がしくしても敵にバレる心配はない。

「流石はロイド様、周到ですね」

「ついでに光を出さなくて済むよう、『暗視』の魔術を皆にかけておく。急に明るい場所に出た場合は目が眩むので、気を付けて」

「はーい」

これをかけている間は暗闇でもはっきり目が見えるようになるのだ。

暗闇の中、俺たちは警戒しながら奥へと進んでいく。

歩くことしばし、広い部屋へ出た。


「！　こ、これは……」

巨大な空間に所狭しと並べられているのはガラス瓶に詰められた魔物だった。

死んではいないようだが、厳重な封印処置を施されている。

他にも手術台や血の付いた刃物、大量の骨、注射器、大量のメモ書きなどの資料が散乱している。

「なんと禍々しい……」

「う……ひどいニオイある……」

「魔物がいっぱい……この辺りじゃ見た事ないのも沢山いるよ」

全員、その光景を見て青い顔をしている。

これは研究所だな。同類である俺にはわかる。

魔物の合成、もしくは何らかの変化を促す研究をしているといったところか。

湧いて出たグールはその産物なのだろう。

……かなり踏み込んだ研究をしているな。俺でもここまではやらないぞ。羨まけしからん。


「オンッ！　オンッ！」

「まだ奥があるようですね。行ってみましょう」

シロに呼ばれて更に奥へと進むと、病室のような部屋にイーシャが倒れていた。

「イーシャさん！」

レンが駆け寄り、イーシャの額に手を当てた。

手のひらに魔力を集中させ、目を瞑《つぶ》る。

「……薬品で眠らされているみたい。クロロ草から取れる眠り成分かな？　多分」

体内で毒を生成出来るレンは、現在様々な毒成分を制御する練習中である。

特に重点的にやっているのは、自然界に存在するあらゆる毒に対する知識を得ることだ。

毒といっても様々なものがある。

まずは自分の発している毒の成分を理解しなければ話にならないからな。

「これを大量に嗅がされると急速に意識を失うんだ。麻酔薬によく使われるものだから、毒性は薄いと思う。数時間もすれば目を覚ますと思うよ」

俺の方をチラリと見てくるので、頷いて返す。

うん、よく覚えているな。

勉強の成果は出ているようである。

「すごいねレン、お医者さんみたいある」

「ロイドに色々教えて貰ったから……えへへ」

照れ臭そうに笑うレン。

まぁ俺は本を貸したり読んであげたりしただけなんだが。

本人にやる気があるからこそ、である。

「そういう事でしたら、私が背負いましょうか。さ、用も済んだし帰るとしますか——ッ⁉」

言いかけたシルファが目を細める。

「何かの気配が近づいてくるね」

「ええ、どうやら侵入者《われわれ》に気づいたようですね。ロイド様、お気をつけを」

ずず、と這《は》いずるような音と共に現れたのは、上半身が女で下半身が蛇の魔物、ラミアだ。

「……いや、これは偽装なのか」

グールもこのラミアも人型の魔物だ。

恐らくこれは研究の産物。魔物に偽装する事で、この施設のカモフラージュをしているのだ。


「シュールルルル……！」

長い舌を伸ばし、こちらを睨みつけてくるラミア。

「来ます！」

シルファの声と共に、ラミアが飛びかかってきた。

「シュー……！」

ラミアは両手を上げ魔力を練り始める。

お、魔術を使うつもりか。あの術式、風系統中位魔術『嵐牙』だな。

ラミアの右手が怪しく光り、無数の風の刃が放たれる。

――だが、それは俺の自動展開した魔力障壁に当たって消滅した。


「はあああっ！」


その隙を突き、シルファが迫る。

振り下ろした剣はしかし、虚空で弾かれラミアには届かない。

どうやら向こうも魔力障壁を張っているようだ。

中位魔術に加えてシルファの斬撃を防ぐ障壁を張るとは、こいつ中々強いな。


「――『崩拳』！」

「そこ――っ！」

タオの『気』を乗せた打撃も、レンの死角からの攻撃も魔力障壁が発動している。

うーん堅い。三人の攻撃では倒せそうにない。

「あのラミア、かなりの魔力を持ってやすぜ。しかも魔術まで使うとは……」

「やはり状況から見て、怪しき実験により合成された魔物なのでしょうか？」

「かもな。だとしたら……捕らえてみたいな」

遠目から見ただけでもわかるが、ラミアの身体は複雑な術式で身体を繋ぎ合わせている。

どうやって合成したのか、そして他の魔物と比べてどう変わっているのか、魔術はどんな役割を果たしているのか……うん、じっくりと見てみたい。

だがこの魔力障壁を破るにはそれなりに高度な攻撃系統魔術が必要だ。

もちろん俺ならどうとでもなるが、これを破るほどの攻撃魔術を使うと目立つからなぁ。

結界や神聖魔術など、一見何をやっているかわかりにくいものならともかく、派手な魔術を使うとシルファたちに俺の実力がバレてしまうかもしれない。

それは避けたい。だったらこういう時は……と。


「レン、あいつを捕らえたい。毒で動きを止めれるか」

「！　任せて」

俺の意を汲《く》み取ったレンが頷き、闇に溶けるようにして駆ける。

レン一人ではラミアの魔力障壁は突破できないが、俺が手を貸せば話は違う。

――空間系統魔術『影継』。

影と影の間を魔力によるパスで繋ぎ、短距離での空間跳躍を可能とする魔術だ。

レンの暗殺者としての歩調との組み合わせによる高速移動。

ラミアも魔力障壁を張って対応するが、間に合わない。

ずぶり、と毒々しい紫色に染まった短剣をラミアの背中に埋《うず》めた。


「ギ――!?」

「安心して、眠りの毒だから」

崩れ落ちるラミアにレンはぽつりと呟く。

こっそりと歩み寄り、口元に手を当て呼吸を確認する。

……うん、ちゃんと息はあるようだ。

ちゃんと眠りの成分だけを抽出したんだな。

レンの毒生成能力も着実に成長している。


「今の動き、よかったですよレン」

「ありがとうシルファさん。でもロイドの魔術のおかげだよ」

おいこら、俺の事は隠せって。何の為に補助で倒したと思っているのやら。

「やはりロイド様の仕業でしたか。このような狭い場所では攻撃魔術を使うのは危険を伴

か。

う。即座にそう判断し、サポートに回ったのですね。素晴らしき状況判断です」

何やらブツブツ言ってるが、まぁシルファもそこまで気にしてなそうだし、別にいい

ともあれここは様々な研究材料がある宝の山だ。

俺一人で調査したいところである。となると、皆が邪魔だな。

「さ、もうここには用はない。早く帰ろう」

「それはもちろんそのつもりですが……ロイド様、何をそんなに焦っているのです？」

俺が早く帰るよう促すと、それを不思議に思ったのかシルファが首を傾げる。

うっ、鋭い。

「あ、焦ってなんかないよ。ほら、早くイーシャを連れ帰って安心させなきゃでしょ」

「ふむ、そうあるな。こんな不気味な場所に長居は無用ね」

「そうそう！」

危ない危ない、どうやら誤魔化せたようである。

皆がいたらこの研究所を思う存分調べられないからな。

「では火を放つよ。こんな危険な場所、見過ごせないね」

皆を外へ追い出して一息ついていると、タオが松明を入り口に置いた。

ちょ、何やってんだタオの奴。

「ええ、その通りです。丁度ここに燃やすものもありますしね。……よいしょ」

そしてシルファがいつの間にか持ってきていた書類をばらまいた。


「あ――」


俺が止める間もなく、火は瞬く間に書類やら何やらに燃え移り、めらめらと燃え広がっていく。

しまったな、だがここで消し止めようとすれば怪しまれてしまう。

……くそっ、仕方ないか。

俺は研究所に背を向け、歩き始める。


「……うん、それじゃあ悪は滅びたって事で、さぁ帰ろうか」

「ロイド様、先刻から何やら様子が変ですが……どうかなさいましたか？」

「な、何でもないって！　気にしなくていいからさ！　ほらサリア姉さんを安心させないといけないだろう？」

「はぁ、それは確かにそうなのですが……」

訝《いぶか》しむような目で俺を見るシルファ。

ともあれ、俺たちはイーシャを連れて城へ戻るのだった。

◇◇◇

「イーシャ！」

城に戻ると待ち侘《わ》びていたサリアが駆け寄ってきた。

心配そうな顔でイーシャの手を取る。

「大丈夫です。気を失っているだけですから」

「……そう、よかった」

「夜には目を覚ましますよ。そうしたら話を聞いてみましょう。犯人に通じる手がかりがわかるかもしれません」

イーシャをベッドに寝かせると、むにゃむにゃと寝言を言い始めた。

「んーもう食べられませんー……」

「……ったくあんたは、心配ばかりさせて……」

サリアは幸せそうに寝息を立てるイーシャの頬を、むにんと摘《つま》む。

余程安心したのだろう。いつものクールな顔が台無しだ。

そんなサリアを見て、シルファたちは顔を見合わせ笑みを漏らすのだった。

◇◇◇

「さて、無事だといいんだが……」


夜、こっそり城を抜け出した俺は下水道にある研究所へ来ていた。

焼け焦げた入り口からしばらく歩くと、中は綺麗なものだった。

よしよし、結界はちゃんと作動していたようだな。

こんな事もあろうかと、俺はあの時研究所内に結界を張って火で焼かれるのを防いでいたのだ。

三人を早く帰そうとしたのはそれがバレないようにする為である。

うん、中は無事のようだ。しめしめ、これなら色々と情報を得られるぞ。

中へ入り、物色をしようとした時である。


「あのぅ……」

いきなりの声に身構えると、そこにいたのは昼に倒したラミアだった。

魔術を発動する直前、ラミアの気の抜けた顔を見て思いとどまる。

「あわわっ⁉　こ、殺さないで下さいぃーっ！」

頭を抱えてしゃがみ込むラミア。

俺は向けていた手を下ろす。どうも様子がおかしいな。

「なんだぁこいつ、どうも昼間と様子が違いやすぜ？」

「ふむ、ロイド様に倒されて正気に戻ったようですね。よく見れば中々可愛らしい顔をしている。推す程ではありませんが」

グリモとジリエルも俺と同じことを考えたようだ。

話は通じそうだし、聞いてみるか。


「えーと、君は人間としての意識があるのかい？」

「は、はいっ！　でも名前も何も憶えてなくて……気がついたらここにいて、こんな身体になっていたんです。一体何が何やら……うぅ……」

ラミアはめそめそと泣き始めた。

「どうやらこいつ、元は人間だったようですぜ。何が起きたかわからねぇが、魔物と混じってこうなったんでしょう」

「これらの器具によるものでしょうか。人間と魔物を合成するなど神をも恐れぬ行為……許せぬ！」

なるほど、グールを使って街の人間や冒険者を捕らえて実験に使っているのか。

恐らく洗脳でも施していたのだろうが、不完全だったので昼間の戦闘で解けたのだろうな。

「ロイド様、彼女は名前を忘れている様子、ここはひとつ名を与えてはどうですかい？」

「それ、必要か？」

「当然でしょう。彼女をラミアと呼ぶのは人間をニンゲンと呼ぶようなものです。きっと喜びますよ」

ふーむ、そういうものか。名前なんてただの記号だと思うのだが……まぁいいか。

「では君の事はラミィとでも呼ばせて貰おう」

「そのまんまですかいっ⁉」

俺の付けた名にグリモが突っ込んでくる。文句があるなら自分で名付ければいいのに。

ラミィは特に文句はないようで、おずおずと頷く。

「それでラミィ、君を捕まえた人間に心当たりは？」

「いえ、その辺りの記憶も全く……あ！　でもこんなものが落ちていましたよ！」

ラミィが懐から取り出したのは、ロザリオだった。

「これは……教会の人間のモンですかね？　やっぱりあの中に黒幕が居やがったに違いねえ！」

「そうとも限らん。教会の人間に見せかける為の罠《わな》かもしれません。浅慮は禁物ですよロイド様」

どちらにしろ、手掛かりになるのは間違いない。

俺はラミィからロザリオを受け取り、懐に仕舞う。

「そ、それで私はどうすれば……こんな身体じゃ魔物だと思われてしまいますよね……うう……」

ラミィはおどおどした様子で俺に尋ねてくる。

どうもかなり気弱そうな性格に見える。

だがこちらとしては与《くみ》し易くて都合がいい。

「うん、確かにその身体じゃ街へは帰れないだろうね」

「そ、そうですよね……私、魔物として生きていくしかないのかな……」

「――いや、そんな事はないよ」

俺の言葉に、ラミィはきょとんと目を丸くする。

「ラミィ、君は運がいい。実は知り合いに君と似た変わった人間がいてね。彼の元で面倒を見てもらおうと思っているんだ。ラミィが良ければだけど、どうだい？」

「ほ、本当ですかっ⁉　ぜひお願いしますっ！」

「うん、任せてくれ。では早速行こうか」

そう言って俺は空間転移魔術を発動させる。

独特の浮遊感の後、視界が開けた。

場所は言わずもがな、ロードスト領主邸であった。


「ガリレア、おーいガリレアーっ！」

しんと静まり返った邸内に俺の声が響く。

しばらく待っていると奥の扉が開きガリレアが出てきた。

「ふわぁーあ。こんな夜更けに一体何だよ……ってロイド様じゃねぇか。どうしたんですかい、こんな夜中に。そこの女は？」

「ラミィという。魔物と合成されたみたいでな、ここで面倒見てほしい」

「こ、こんばんは……」

「魔物と合成だぁ？　……うおっ！　マジだ。下半身が蛇じゃねぇか！」

飛び退くガリレアを見て、ラミィは慌てて頭を下げる。

「すみませんっ！　すみませんっ！　ご迷惑はおかけしませんので、どうかここに置いてくださいっ！　他に行く当てがないんですっ！」

何度も頭を下げるラミィに、ガリレアは手を振って返した。

「……あぁいや、驚いただけだから気にしねぇでくれ。ラミィと言ったか、あんたの面倒はちゃんと見てやるから、安心してくれ」

「ほ、本当ですかっ⁉」

「おうとも、何を隠そう俺も『ノロワレ』。妙な能力を持って生まれてきたおかげで迫害されてきた。何があったかわからんが、あんたも災難だったな。この領地はそういった連中でも安心して暮らしていけるような場所を目指している。とりあえず屋敷の部屋を一室貸してやるから、生活の目途が立つまで好きなだけいりゃあいいぜ。何ならウチで家政婦として雇ってもいい。長ーいロングスカートを穿《は》けばその下半身も誤魔化せるだろうしな」

ガリレアの言葉に、ラミィは目を潤ませていく。

「あ、ありがとうございますっ！　ありがとうございます……っ！　本当に……！」

「気にするな。困った時はお互い様ってやつだぜ。はっはっは」

そんなラミィの肩に手を乗せ、豪快に笑うガリレア。

うん、やはりガリレアは面倒見がいいな。任せても良さそうだ。

俺が頷いていると、ガリレアがこっそりと耳元で囁《ささや》いてくる。

「……ロイド様もやりすぎだぜ。人間と魔物を合成するなんてよ」

「いや、俺がやったんじゃないぞ」

何を勘違いしてるんだこの男は。

俺が睨むとガリレアは慌てて自分の禿頭をぺちんと叩いた。

「い、いやーははは。申し訳ねぇ。ロイド様の事だから、てっきりそうだと思っちまった！　わりぃわりぃ」

「ったく、失礼な奴だな。俺が人体実験なんかやるわけがないだろう」

「……いや、俺たちで思いっきりやってたじゃねぇかよ」

ブツブツと何やらつぶやくガリレア。


「何か言ったか？」

「い、いいいえ何にも！　さぁラミィ、疲れただろ？　部屋を案内してやるよ」

「は、はぁ……」

ガリレアはラミィを連れ、屋敷の奥へと行こうとする。

「あー、ちょっと待て」

「どうかしたんですかい？」

「ラミィにこれを渡しておこうと思ってな」

そう言って俺は鞄から大量の書類を取り出した。

「これは……？」

「あの研究所から拝借してきた。これがあればラミィが元に戻る方法もわかるかもしれないだろう？」

研究所に落ちていた書類には魔物合成の研究データが大量に文書化されていた。

これをじっくり調べれば何かわかるかもしれない。

だがラミィはそれを見て、泣きそうな顔で首を横に振る。

「無理、です……だってこんなの何を書いてるのかさっぱり……」

「何を弱気な。ラミィだって元は魔術師なんだろう？　このくらい読み解けるはずだ」

初めて会った時、ラミィはシルファたちですら貫けない魔力障壁を展開していた。

相当修行を積まねば出来ないことだ。それだけの魔術師ならある程度は術式を操ることも出来るはず。

ならばこのくらいのデータを理解するくらい、ワケはないだろう。

「それに、出来なきゃ一生そのままだよ」

「それは……っ！」

俺の言葉にラミィは息を呑む。

「ロイド様、いくら何でも無茶ですぜ」

「そうです。こんなに落ち込んで可哀そうに」

グリモとジリエルの言葉に、俺は首を横に振って返す。

一見、やる前から泣き言を言って諦めているようなラミィだが、その目の奥では必死にデータを読み解こうとしている。

魔術師とは知の探究者。

気は弱くとも、記憶はなくとも、知識を求め究めようとするのは魔術師の本懐だ。

彼女ならきっとやってくれるだろう。

俺の期待通り、しばらく俯《うつむ》いていたラミィは声を震わせながら答える。

「わかり、ました。私の事だから、私がなんとかしないと……ですよね」

「うん、その通りだ。でも安心しなよ。俺も協力は惜しまないし、相談にも乗るからさ」

「もちろん俺もだぜ。何でも言ってくれよな。ラミィ！」

俺とガリレアの言葉を受け、ラミィは勢いよく頭を下げた。

「はいっ！　お願いしますっ！」

どうやら覚悟を決めたようだな。

これでラミィが合成について調べてくれれば、その過程で魔物の合成について色々わかるだろう。

そうすればその過程で生まれた研究成果を労せず知れる。うん。いいね。

「そういやぁロイド様、神聖魔術についてだが分かったことがあるぜ」

帰ろうとする俺にガリレアが声をかけてくる。

「罪人相手に神聖魔術を試してみたがよ、どうやらあれは悪人の精神を浄化する効果があるようだ。不気味なくれぇいい奴になりやがったぜ」

「あー、それなら既に知っている。試したからな」

「おっと、流石はロイド様だぜ。……だがよ、こいつは知ってるかい？　ごにょごにょごにょ」

ガリレアの耳打ちに、俺は目を丸くした。

「！　いや、それは知らなかったな……」

「へへ、そうだろう。まぁ何に使えるかはわからねぇがよ。一応報告しておこうと思ってな」

「あぁ、これからも励んでくれ。ラミィをよろしくな」

「おう、任せてくんな！」

俺はガリレアを労《ねぎら》うと、空間転移で城へと戻るのだった。

◇◇◇

ラミィを送り届けた翌日、準備を整えた俺は教会本部へと忍び込んでいた。

手にはラミィから受け取ったロザリオを握っている。

これがあれば黒幕の正体を暴く事も可能だ。


「しかし夜だっつーのにそこかしこで人の気配がしますな。昼よりはマシですがよ」

「熱心な信徒の中には仕事を終えて祈りに来る者もいるからな。教会を空けるわけにはいかないのだ……しかしロイド様、いきなり教会に乗り込むなど、やはり黒幕の人物に心当たりがおありなのですか？」

「それはこれからわかる事さ」

ジリエルにそう返しながら、暗闇の中を駆ける。

魔力遮断により誰にも気づかれることはなく、俺はあっさりと目的地へと辿り着いた。

そこは教会本部、最奥にある本堂。

その一角にある居住スペースだった。

扉を開けて中に足を踏み入れると、薄暗い光の中に一人の老人——教皇ギタンが座っていた。

「おやおや、これは珍しいお客さんですね」

柔らかな笑みを浮かべながら俺を迎える教皇。

月明かりに照らされたその横顔が、ゆっくりと正面を向いた。

「こんばんは。教皇さん」

「あなたは……えぇと、確か演奏会で前座をしていた少年ですね。ロイド君、でしたか。いったいこんな夜更けに何の用でしょう？　明日ではだめなのですか？」

「悪いけど急ぎの用事だったから。……最近巷《ちまた》を騒がしている魔物による失踪事件を知っている？」

俺の言葉にぴくん、と教皇の肩が揺れる。

しかしすぐに目を細め、悲しげな表情を浮かべた。

「さぁ……よくは存じませんが、大変な事が起きているようですね」

「先日、イーシャが攫《さら》われた。後を追って辿りついた先は下水道。そこでは魔物や人間の合成研究を行っていたんだ」

「……なんと、神をも恐れぬ所行。恐ろしい話です」

「そこで、これを見つけた」

俺は懐に忍ばせていたロザリオを取り出す。

銀色の鎖が月明かりに反射し、きらりと光る。

「教会の人間がつけているものだよね。しかも製作番号が振られているから、これを調べれば誰の物かわかる」

「……そう、かもしれませんな」

「イーシャが攫われたのは演奏会のすぐ後。教会の神父に取り憑いた魔物を倒した人物だと黒幕に思われたんだろうね。併せて考えればやはりあの日、教会にいた人物が全ての犯人だ。そしてその人物は誰なのか、あなたならわかるんじゃない？」

「……さぁ、誰なのでしょうかねぇ？」

教皇はまるで仮面を張り付けたような微笑を浮かべている。

しばし、静寂が流れる。


「ええい！　まだるっこしい！」

そんな中、突如声を上げたのはジリエルだった。

声と共に俺の左手が眩く光り、そこから二対の翼が伸びる。

翼に引っ張られるようにして光が、天使の形を持って顕現した。

すなわち、本来のジリエルの姿である。


「我が名は天の御使い、ジリエル！　教皇――いやギタン！　貴様の悪行はもはや露見しているのだ！　これ以上の言い逃れは不可能と知るがいいっ！」

怒り心頭といった顔で教皇を睨みつけるジリエル。

教皇ギタンは初めて動揺した様子を見せた。

「この光……あなた様はまさか、あのジリエル様なのですか……？」

「うむ、久しぶりだなギタンよ。五十年ぶりか？」

二人は互いに視線を交わしている。

「ははぁっ！　……しかし何故ジリエル様がこのような場所に……？」

「貴様の悪行を断罪しに来たのだよ。件の事件、黒幕はギタン、貴様であろうが！　白状するがいい！」

ジリエルの言葉にギタンはしばし考え、観念したように頭を下げる。

「……えぇ、そうですね。あなた様の前では嘘偽《うそいつわ》りは申せません。白状いたします。全ては私の行ったこと。よくぞ見破りました」

ギタンの言葉に俺は目を丸くする。

なんてこった。マジでこいつが黒幕だったのか。

俺はただ教会のトップである教皇なら、ロザリオから犯人を特定できるかなぁと思っただけなんだけどな。いきなり犯人に当たるとはびっくりだ。

「流石ですぜロイド様、あれだけの判断材料でこいつを黒幕と断定するとは。自分も教会の人間だろうとは思ってやしたが、特定までは至りやせんでしたぜ。一体どういう理屈なんです？」

「あ、あー……まぁ、秘密だ」

まさか素直に聞きに来たら、相手が勝手に白状しただけとは言えずに言葉を濁す。

「ふん、我が主であるロイド様の目を欺けるはずがなかろう。何を思ってこのような行為に及んだかは知らんが、人の法で裁かれ悔い改めるがいい」

「ロイド様、さっさと捕まえちまいやしょうぜ」

「ん、そうだね」

ま、犯人もわかった事だし、あとはアルベルト辺りに引き渡せばいいか。

そう思い、ギタンに歩み寄る。

「……ロイド君、だったかな」

不意にギタンが口を開いた。

「神に仕える私が人を攫い、魔物を捕え、新たな生命を生み出すような行為をしていた事をどう思うかね？」

「さぁ……」

むしろ好奇心以外に何か特別な理由でもあるのだろうか。

首を傾げる俺に、ギタンは自嘲の笑みを浮かべながら言葉を続ける。

「それは神の力に疑問を抱いていたからですよ。私は貧しい農村の生まれでね。来る日も来る日も懸命に働いて暮らしていた。そんなある日、盗賊が村を襲い収穫した作物を全て奪い去っていった。抗う者は殺されましたよ。私の両親も、幼い妹たちもね。力なき者は奪われ、殺される。そう悟った私は神聖魔術を求めて教会へと入った。以前見せてもらった神聖魔術にて、悪者を浄化し改心させていたのをこの目で見たからです。この力を使えばいかなる悪人であろうと傷をつけずに倒せる、そう思ってね。教会に入った私は懸命に励み、神聖魔術を授かった。神父にもなり、家族も得た。幸せでしたよ……その時までは、ね。くくっ」

ギタンは肩を震わせ、笑った。

「忘れもしない十年前、私の家に盗賊が押し入ってきました。食べ物にも困っているような身なりで、頬は痩《こ》けて肋《あばら》は透けて見えるような哀れな盗賊でしたよ。私はついに神聖魔術を使う時が来たと思いました。救われぬ者を救い、我が身を守る……その為に私はこうして神聖魔術を覚えたのですから。しかし、浄化の光は彼に届きませんでした。あとでわかった事ですが、浄化の光にて改めさせる事ができるのは悪しき心のみ。悪しき感情とは妬み、怒り、侮蔑……そんな相手を軽んじる行為です。食い詰めていた彼にそんな感情は微塵《みじん》もなかった。腹が減り、目の前にそれがあり、当然のように奪おうとした。懸命な生きようとする気持ちが故……だから効果がなかったのですよ」

つまり神聖魔術というのは、相手の負の感情を消し去るというものなのだ。

逆に言えばそういった感情でなければ効果は見込めない、というわけか。

「浄化の光は経典により定められた悪しき感情のみを癒すものですからね」

「追い詰められたり、それを悪とも思ってないような人間には効果がねぇって事か」

経典に定められた『悪』のみに作用する魔術。

感情に作用する魔術はそれなりに存在するが、かなり重い制約を強いられる。

そうでなければ、相手を意のままに操る、なんてとんでもない事が出来てしまうからな。

「盗賊は私が攻撃したと思ったのか、激昂《げきこう》して妻子を刃物で刺して逃亡しました。神聖魔術にて懸命に治癒を試みましたが、妻子は目を覚ますことはありませんでした。刃は肋骨の隙間を抜け、心臓を一突きしており、即死でした。私は嘆いた。おお！　神よ！　貴方の御力はなんと無力なのかと！　私は神を恨み、そして恐れた。これだけの信心を、修行をした私ですら、妻子のように加護の一つも与えられず死してしまうのではないか、と」

「そこで魔物の力に注目したってわけか」

「如何にも。以前より魔物の異常ともいえる生命力には興味を持っていましてね。これを機に魔物と人間を合わせ、新たな存在を生み出す研究に着手したというわけです。長い年月と大量の金、そして尊い犠牲により、ようやくそれは完成した……！」

ギタンの手が懐に伸びる。

瞬間、枯れ木のような身体から凄まじいまでの熱気が噴き出した。

「な、なんだこれは……ギタン！　一体何をするつもりだ!?」

「とはいえ教皇の座は惜しいのでね、あなたを力尽くで排除させていただきます」

もうもうと煙が立ち込める。

煙に包まれたギタンの姿が、どんどん大きくなっていく。

そして煙が晴れる――

――それは様々な魔物が合わさったような姿だった。

ベースは人型でありながら、四本の腕には獣のような鋭い爪と強靱《きょうじん》な肉体、丈夫な毛皮、虫のような複眼に甲殻、鳥の翼に嘴《くちばし》……他にも様々な魔物の特徴を持っている。

「これぞあらゆる魔物の長所を併せ持つ究極の存在、そうですね、神魔生物とでも呼んでいただきましょうか。くくっ、くくくく……っ！」

くぐもるように嗤《わら》うギタンに、ジリエルが息を呑む。

「……なんたる異形……ギタン貴様、人を辞めたか……！」

「人の器なぞ下らんものですよ。それではジリエル様、長い間お世話になりました。私はこれより人の道を外れます」

ギタンはそう言って、跳躍すべく両足に力を込める。

ぐぐぐ、と三倍ほどに膨らんだ太腿《ふともも》を、解き放つ――

「ッ⁉　こ、これは……⁉」

――が、跳躍は叶わない。

俺が結界を展開し、ギタンを閉じ込めたからだ。

「悪いけど、動きを封じさせてもらうよ」

何せその身体、凄まじい魔術の集合体だ。

魔物の特徴を合成させる為、見た事ない術式を幾つも繋ぎ、紡ぎ、組み合わせている。

どんな構造になっているのか、じっくりと見てみたいからな。

「小僧、あくまで邪魔立てをしますか……！」

憎々しげにギタンが俺を見下ろした。

「結界ですか。……しかしこんなもの……ふんっ！」

ギタンが力を込めると、結界にヒビが入り始める。

がしゃあああん！　とけたたましい音と共に結界が割れ、魔力片が辺りに散らばり霧散していく。

「……ふぅ、かなり硬い結界でしたが、神魔生物であるこの私には結界を破るなど造作もありません」

肩を鳴らしながらこちらを向くギタン。

なるほど、あれだけの魔術が使えるなら、結界に対する知識もかなりあるだろう。

結界は基本、魔物など魔術の使えない相手に対して使うもの。

術式を理解している魔術師相手には、防御目的ならともかく捕縛目的に使うのは効果が薄い。

極論、時間さえかければ誰でも解けるからな。


「だったら普通に戦闘不能に追い込むだけだ」

「くくっ、逃げようともせず逆に向かってくるとは……いいでしょう。折角ですし、この身体の運用試験に使ってあげます」

ギタンはそう言ってパチン、と指を弾いた。

すると部屋の空間が一瞬にして広がる。

ふむ、空間系統魔術か。かなり難易度の高い『領域拡大』を使うとは、やはり魔術に関してはかなり造詣が深いようだ。

「これなら思いっきりやれるでしょう。さぁて、あまり早く死なないで下さい……よっ！」

一足にて、俺の眼前まで迫るギタン。

——疾《はや》い。振り上げた拳を高速で叩きつけてきた。

だが自動展開した魔力障壁がそれを防ぐ。

ぎしり、と空気の壁が軋《きし》み、大きくたわむ。

「ほう、魔力障壁ですか。ですが無駄無駄無駄無駄ぁっ！」

ギタンは構わず拳を叩きつけてくる。

四本の腕での連打で、自動展開した魔力障壁が一瞬にして砕け散った。

即座に次の魔力障壁が自動展開されるも、やはり即座に叩き壊される。

次も、そのまた次も。展開されるたびにだ。

「おいおいなんだこいつは、これだけ強固な魔力障壁を一秒もかけず破るとは信じられねぇ！　俺様ですら数秒はかかるってのによ！」

「四つの結界解除術式を同時に行使し、魔力障壁を弱体化しているのです。おかしい……確かにギタンは優秀な魔術師ですが、ここまでの使い手ではなかったはず……」

グリモとジリエルが呟いている間にも高速で魔力障壁を展開しているが、向こうが破る方が早い。

「くくっ、中々高密度の魔力障壁ですが、我が身体には脳と心臓が五つ搭載されている！並列思考による術式を同時展開など、お手の物なのですよ！　もちろん――攻撃もね！」

足元に生《せ》じる魔力反応。

次の瞬間、床が迫り上がり岩石が伸びてくる。

土系統魔術『岩牙』だ。

俺はそれをひょいっと跳んで躱した。

「かかりましたね！　空中では動きが取れないでしょうっ！」

無防備に宙を舞う俺目掛け、ギタンの蹴りが放たれる。

だが魔力障壁・強を発動。

がきん！　と鈍い音がして、蹴りは俺の眼前で止まった。

至近距離でしか発動できないという制約はあるが、本来の十倍の硬度を誇る魔力障壁・強。

あっさりこれを使わされるとは。中々やるな。

衝撃で吹き飛ばされながらも、俺は反撃するべく術式を練り上げる。

「やるな。今度はこっちから行くぞ」

繰り出したのは火系統最上位魔術『焦熱炎牙』。

それを魔力集中にて一点に集め、高密度の炎の塊にして放つ。

青白く光る炎の牙がギタンへと真っ直ぐに飛んでいき――命中。そしてギタンの上半身が吹き飛んだ。

「ざまぁ！　一撃だぜぇ！」

歓喜の声を上げるグリモ。やべ、やりすぎたか。

まさか一撃で死ぬとは思わなかった。

だがおかしい。奴ほどの魔術師なら今の一撃、魔力障壁でガードくらい出来たはずだが、全く防御した様子がなかった。

「ロイド様の攻撃に耐えられる魔術師はそうはおりますまい。哀れなギタンよ、安らかに眠るがいい」

ジリエルがそう呟く中、もうもうと上がる煙を眺めていると、ギタンの身体がびくんと動く。

「な、なんだぁ？　死体が痙攣してやがるのか」

「いや、待て……様子が変だぞ」

グリモとジリエルが見守る中、痙攣は二度、三度と続き、そして——ギタンの下半身から上半身が、ずるりと生えた。

その姿は完全に吹き飛ぶ前と寸分たがわぬ様相である。

ギタンは確認するように手足を動かすと、こちらを向いてにやりと笑う。

「——くっくっ、神魔生物はあらゆる生命を超越する存在。当然スライム種の高い再生力も取り入れています」

粘体生物が故の圧倒的再生力、確かに今のを見せられたら信じるほかない。

魔物の構造を術式化して一つの身体に収めているとしか考えられないな。

遠目から見ただけだがギタンを構成する術式はスパゲッティのようにぐちゃぐちゃで、複雑に絡まり合っている。

恐らくもう二度と元には戻れないだろう。

俺は目を細め、ぽつりと呟く。

「……早まったな、ギタン」

「哀れみですか？　……つまらぬ人間の尺度で考える必要などありませんよ。私は後悔など何一つしていません。何物をも圧倒する力！　死すら超えた生命力！　私は神に等しい存在となったのですよ！　はぁーっはっはっはっは！」

勝ち誇ったように大笑いするギタンに、俺はため息を返す。

「いや、そうじゃなくてさ。それだけ雑な術式だと必要な術式を新たに加えたり、逆に不要となった術式を外せなくなるじゃないか。魔術の世界は進歩が速い。時代遅れになった術式を使い続けなきゃいけないのはつらいと思うぞ……」

同じ魔術でも、長い年月をかけて何度も術式の一部を削除したり組み直したりして進化してきた。

十年もすれば今まで使っていた術式は総入れ替えになってしまうのが魔術というものだ。

まぁ古い術式に新たな使い道が見つかって復活することもあるが、それはそれ。

同じ術式を使い続けないといけないなんて、進化を捨てたも同然だ。

俺が早まったと言った意味を悟り、ギタンはぎりりと歯嚙みをした。

「ぐ……だ、だまれ！　だまれだまれだまれ！　私は最強の存在なのだぁぁぁぁっ！」

向かってくるギタンに向け、指先から魔力光を放つ。

毒系統魔術『毒牙』。

飛びかかる蛇に嚙み付かれたが如く、ギタンの身体に鋭い穴が空いた。

傷跡を押さえながら、ギタンは驚愕《きょうがく》に目を丸くする。

「ば、馬鹿な⁉　何故再生しない⁉」

塞がらない穴を見て、声を荒らげるギタン。

「毒を埋め込んだ。再生を上回る毒をね」

術式を何重にも加え、数十倍の濃度を持つ『毒牙』。

本来ならばそれでもスライムの再生力には及ばないはずだが、これらの毒は腐食、風化、分解など、全てスライムに特効のある毒ばかりだ。

しかもこれだけ体内を術式で固めていると、治癒の術式などは効果が薄くなる。

だからギタンには自身の毒の治癒が出来ないのだ。

再生力があれば問題ないと思ったのだろうが、浅慮だったな。

それを知っていれば新たな術式を組み上げることも出来ただろうに。

……とまぁこのように術式を固定するというのは、柔軟性を捨てるということなのである。

「最強の存在、か。思ったほどではないいんじゃないか？」

「ぐ、ぐぐぐぐ……！」

俺の言葉に、ギタンは拳を握り締めそこから血を滴らせていた。

「ぐ、ぐおおおおっ！」

ギタンの傷口が少しずつ塞がっていく。

ほう、体内に熱を発生させ、それで毒を無理矢理分解したか。

だが余程の力技だったのだろう。体力は減っているようだし、傷口も完全に治ってはいない。

「……なるほど、確かに毒に対しては完全な対策はしていませんでしたよ。ですがそのような攻撃は二度と喰らいません」

ギタンの身体に輝く文様が浮かび上がる。

何だありゃ。虫の甲殻のように見える。

「高い魔力耐性を誇るアークビートルの甲殻で身体を覆いました。これで毒も通りませんよ」

アークビートルの甲殻は軽く丈夫で、鎧にも使われると聞いたことがある。

だが希少な魔物で中々手に入らないらしいが……それをあんなにあっさり生み出すとは。

「もしかして、他の魔物の部位も生み出せるのか!?」

「当然です。ゴッドマンティスの鎌にシルバーコングの毛皮、他にもありとあらゆる魔物の力を使えるのですよ」

「ゴッドマンティスにシルバーコング!? 大陸深部に住む希少種じゃないか!?」

驚きで目を見開く俺を見て、ギタンが嗤《わら》う。

「くくっ、驚いているようですね。観念するならば楽に殺して差し上げますよ」

「ハッ、たかが魔物の力が使えるくれぇで何を偉ぶってやがるんでぇ！　ロイド様、やっちまってくだせぇ！」

声を上げるグリモ。だが俺は舌を巻いていた。

あらゆる魔物の部位を構成出来るだと？　あまりに凄まじい能力である。

「……恐れ入ったな。俺にはこいつを殺せそうにない」

「ロイド様っ⁉　どうしたんですかい、そんな弱気になるなんてっ！」

「いや、実際とんでもない能力だよ。魔物の素材は物によってはかなり入手が困難だ。魔剣製作や魔道具に使える物も多く、量も必要だしな。だがそんなものを自在に生み出せるなんて、とてもじゃないが俺にはこいつを殺せないよ。……もったいなくて」

「へ……？」

俺の言葉に全員の目が点になる。

あれ？　一体どうしたのだろうか。

俺、何か変なこと言ったかな？

「は……ははは！　さ、流石はロイド様だぜっ！　じゃあ生け捕りだ！　そいつから素材を剝ぎまくってやりましょうぜ！」

「ええ、そして神聖魔術にて悪しき心を浄化し、配下に加えましょう」

「おおっ！　なるほど、それはいい考えだ」

魔物と人を合成した挙げ句、それを咎めた者を口封じのために殺そうとするなど、明らかに邪《よこしま》な心によるものだ。

王子たるもの罪を憎んで人を憎まず、道を踏み違えた者は正しき道に導かねばならない。

……奴の身体を一旦吹き飛ばし、再生の瞬間に重量物を埋め込んで一生動きを封じるという手も考えたが、それよりも改心してもらった方が楽だよな。

「く、くくく……もったいなくて殺せない、ですか……笑わせてくれる。ならばやってみるがいい！」

「言われるまでもない」

既に術式は構築してある。

浄化系統神聖魔術『極聖光』。

最上位に位置する浄化の光を魔力集中にて一点に束ね、放つ。

ぎらりと眩い閃光がギタンの胴体を貫いた。

「やったぜ！　直撃だ！」

「い、いや！　効いていない！　向かってきますよ⁉」

光を受け、白い煙を上げながらもギタンは構うことなく突っ込んでくる。

「愚かな！　神聖魔術の使い手たる私が、その対策をしていないはずがないでしょう！」

まぁそりゃそうか。

精神操作魔術への対策は比較的容易だしな。

精神系統魔術『心天蓋』。

物理衝撃に対する防御力は全くないが、その代わりにあらゆる精神操作を防ぐ効果を持つ。もちろん俺も常時展開している。

元々精神操作魔術自体が脆弱《ぜいじゃく》な術式で構成されており、不意打ちのような形でしか決まらないのだが、これがあるとまさに鉄壁。

術者の間に相当のレベル差があっても、これを張られている相手に精神操作を当てるのは不可能である。

「しかも奴は五つの脳を持ち、高速での術式展開を可能としていやがる！　ちくしょう、反則だぜ！」

「いくらロイド様と言えど、この結界を突破して神聖魔術を当てるのは流石に厳しいでしょうか……！」

確かに、こちらが結界を解除するより先に向こうが結界を再構築する方が早いだろう。

少なくとも現在の条件では。

「だったら奴の脳を破壊すればいい」

術式構築速度が今の五分の一になれば、奴の結界より俺の神聖魔術の方が強いはずだ。

破壊し、再生する前に全力の神聖魔術を叩き込んでやる。

「何をごちゃごちゃと！」

この間に、ギタンは鋭い爪を生やしていた。

黒く歪《いびつ》な形の爪だ。この自信、なにかあるな。

「ルーンウルフの爪ですぜ！　こいつの爪は術式を切り裂き、魔術による防御を無効化する！　魔力障壁で受けるのは危険でさ！」

「なら……『光武』」

光の剣を生み出し、それで弾き飛ばす。

実体化した光の剣なら、術式破壊の影響は受けない。

更に刃を滑らせての刺突。


「ラングリス流双剣術――乱れ竜角」

それに合わせてシルファの動きをトレースし、乱撃を繰り出す。

「中々の速度ですがその程度、神魔生物である私には通じませんよ！」

だがギタンの攻撃速度はそれを上回っている。

むぅ、捌《さば》き切るのはキツいか。

後方に大きく飛んで魔力を集めていく。

大規模魔術でさっさと吹き飛ばす。

二重詠唱――


「おっと、あなたの魔術は非常に危険だ。故に封じさせてもらいましょう」


俺が構えたのを見て取ったギタンは、そう言って床を切り裂いた。

何をするつもりだ。

しかも自分も落ちている。

俺は疑問を感じながらも、着地した。

どどどどど！　と破片で土煙が上がる中、周りから戸惑うような声が聞こえた。

「な、なんだ一体⁉　何が起こっている！」

「わからん！　天井が崩れて……」

「ひいっ！　ば、化け物よぉっ！」

土煙が晴れ、辺りを見渡すと周りには信徒たちがいた。

皆、俺たちを見て恐れ慄《おのの》いている。

「祈りの間です。こんな時間でも神に祈りを捧げる者たちが沢山いるのですよ。どうです？　周りにこれだけ人がいれば魔術も使えぬでしょう」

勝ち誇ったように笑うギタン。

だが俺は構わず詠唱を再開する。

「き、貴様何を……!?　この者たちがどうなっても構わないのですかっ!?」

「[redacted]、[redacted]――」

呪文束による高速二重詠唱。

戸惑うギタンに放つのは、土と水の二重合成魔術『氷烈嵐牙』。

魔力集中にて放たれた冷気の渦が、ギタンを飲み込む。

「効果範囲の狭い『氷烈嵐牙』を放つと同時に周囲に結界を展開した。これなら巻き添えにはならない」

「ロイド様ァ！　今何人か凍りそうになってやしたぜ！」

「このジリエルが防いでおきました！　このジリエルが！」


……ちょっと漏れていたらしい。まぁミスは誰にでもあるよな。うん。

ギタンの方はしっかり魔力障壁でガードしている。

二重詠唱でも防がれるか……やはりかなり高レベルの魔術師のようだ。

しかもあの再生力。並みの魔術では倒せない。

「そうだ、口ならもう一つあるじゃないか」

ジリエルの宿るこの左手のひらに付いた口を使えば、三重詠唱が可能となる。

これを魔力集中で撃てば、奴の魔力障壁を破り、致命的なダメージを与えられるはずだ。

三重合成魔術、二重合成よりもさらにタイミングがシビアだが、

「やってみる価値はある……か！」

そう呟くと、俺は両手のひらの口を開き身構えるのだった。

水、土、風の三重合成魔術『氷雪鋼牙』を魔力集中にて発動。

超低温にて鋼のように硬化、凝縮した氷雪を小竜巻に束ね、細く、鋭く絞り上げていく。

螺旋を描く氷の渦が、まるでのたうつ蛇のように唸りを上げていた。


「――いくよ」


俺が腕を振るうと、鞭《むち》のようにしなりながら氷の渦がギタンへと向かって伸びていく。

それはギタンの展開した魔力障壁を一撃で粉砕し、四本の腕の一本を貫き落とした。

「ぬぐぅっ!?　う、腕が再生しない、だと……!?」

「スライム系の再生を防ぐには凍結状態にすればいい！　その程度の事、ロイド様がご存

知ないはずがないでしょう！」

声を上げるジリエル。

ギタンを貫いた氷の渦は、俺の操作で弧を描きながらこちらに戻ってくる。

次に狙うは残り三本の腕。ギタンは魔力障壁で防ぐのを躊躇《ちゅうちょ》し、回避を試みる。

それでも躱し切れずに掠《かす》った箇所が凍結した。

俺は氷の渦を操り、手を緩めずに攻撃を繰り返す。


「待て待てっ！　……待てと言うに……くおっ⁉　ま、周りにこれだけの人がいるのですよっ⁉　それを全く気にせず攻撃するとは……！　き、君はそれでも民を守るべき王族ですかっ⁉」

「失礼な。ちゃんと気にしてるぞ。出来るだけ当たらないように攻撃しているだろう」

「そりゃ自分たちがガードしてやすからね⁉」

そう、たまに当たりそうになる時も、グリモとジリエルが防いでくれているのでセーフなのである。

当たらなければどうという事はない。

「ぐぐ……な、ならば、直接、盾にするのみ！」

突如、ギタンは人込みに飛び込むと腰を抜かしていた子供の襟首を掴み上げた。

そして引き寄せ、羽交い絞めにした。

こいつ、子供を盾にするつもりか。

「卑怯《ひきょう》だぞ！　子供を盾にするなんて！」

「うおおっ⁉　そう言いながら攻撃してくるのはおかしいでしょう⁉」

言っておくが子供を巻き込まないよう足元を狙っただけである。

跳び上がって回避したギタンへ氷の渦を向けると、子供を盾にされた。ちっ。

舌打ちをしながら、氷の渦を大きく外すと手元に戻した。

「ロイド様、いくらなんでも子供だけをピンポイントでは守れやせんぜ！」

「我々のガードではロイド様の魔術の直撃には耐えられません。子供を盾にされてはどうしようもない！」

確かにこれでは巻き添えにしてしまうな。

俺は諦めて『氷雪鋼牙』を解除した。

手元に戻していた氷の渦が霧散し、消滅していく。

「ふ、ふふ、はははは……流石に子供ごと攻撃するような愚かさは持ち合わせていないようで安心しましたよ！　一応人の心はあるようですね」

安堵したように冷や汗を浮かべながら、乾いた声で笑うギタン。

すごく失礼な事を言われている気がする。

「なるほど、君は予想以上に大した人物のようだ。まだ子供にも拘らず恐ろしいまでの魔術の冴え、ジリエル様がここまで買っておられるのも頷ける。今のうちに命を絶っておかねば、後々私を脅《おびや》かす存在になるかもしれません」

ギタンの掲げた腕がボコボコと隆起し、竜の顔が生まれた。

「ありゃあ……ブラックドラゴンですぜ！　魔界最強の竜種だ！　そんなもんまで生成しやがるとは⁉」

「かつて魔族が連れてきたものが野生化したのをどこかで手に入れたのでしょう……教皇の立場を最大限利用しているようですね……！」

ブラックドラゴンなんて大陸でもほとんど見かけないような魔物だ。

その咆哮は全生物を震わせ、吐息《ブレス》は一撃で村一つを焼き尽くすという。

そんなものをここで使われたら大惨事である。

「くくく、私としてもここまでするつもりはありませんでした。ですが君が悪いのですよ。そこまでの強さを持つ君がね！　さぁ死になさい！　我が力にひれ伏して、チリも残さず消滅するのです！」
竜にギタンの魔力が集中し、口から炎が漏れ始める。
こいつ、こんな場所で吐息《ブレス》を放つつもりか。街が滅茶苦茶になっちまうぞ。
くそ、どうしたもんか……そうだ。アレを使えば。
ガリレアの言っていた神聖魔術の妙な使い方。
何に使えるのかと思っていたが、今こそ使う機会だ。
ぶっつけ本番だが……やるしかない。
俺は指先に魔力を集中させていく。
輝く光が指先に集まり、閃光を放ち始める。
「神聖魔術⁉　ハッ！　何度やっても無駄だと言うのがわからないのですかっ⁉」
「■■■――」
呪文束による高速詠唱、大丈夫。ギリで間に合う。

「――これで終わりですっ！」

竜頭が顎を開き、真っ赤な炎を放つ。
瞬間、目の前が真っ白になった。

「……さらば我が教会。名残惜しいですが、この混乱に乗じて研究成果を持ち逃げると致しましょう」

そう呟いて、ギタンは歩き出そうとし——目を見開いた。

煙が晴れたその先にいた俺を目にして、立ち止まる。

「な……何故、生きているのです……⁉　いや、君だけではない！　何故建物にも、人間たちにも、傷一つついていないのですか……⁉」


——そう、本来であればブラックドラゴンの吐息《ブレス》で街は、少なくともこの周囲は崩壊し、火の海となるはずだった。

にも拘らず周囲は全くの無傷。建物も無事だし信徒たちも何が起きたかわからないといった顔をしている。


「うん、何とか上手くいったな」

やれやれ一安心といったところか。

安堵の息を吐きつつも、俺はギタンに歩み寄る。

「ち、近寄るな！　それ以上近づけばこの子供も命はないぞ⁉」

「もう無駄だ。観念しろギタン」

「脅しと……思うか！」

ギタンはそう言って、子供の首筋に当てていた鋭い爪を滑らせる。

赤い鮮血が噴き出る——そう思っていたのだろうか。


「……え？　な、何が起きているのです……？」

子供は全くの無傷だった。

きょとんとした顔で俺とギタンを交互に見やる。

「馬鹿な！　くっ⁉　な、何故だ！　何故傷がつけられないのだ……⁉」

理由は一つ、俺は奴の攻撃の直前、その身体にある術式を付与していた。

神聖魔術『治癒光』、聖なる光にて身体を癒すという神聖魔術だが、これには普通の治癒魔術とは違う使い方がある。

普通の治癒魔術は術式を起動することにより発する魔力光が傷を癒すのだが、この『治癒光』は術式を傷口に張りつけ、時間をかけて治癒するというものだ。

つまり湿布のようなもの。意外なことに『光武』と同じ具現化系統神聖魔術で、『治癒光』を張りつけた箇所で攻撃を行うと、ダメージを与えることなく、逆に相手を回復させる効果がある。

ガリレアたちは戦闘訓練をしていた際に偶然これを発見したらしい。

これを使えば相手の攻撃を一方的に無効化出来るのだ。

とはいえ、やられている方も冷静ならばすぐに気付くし、術式破棄も簡単である。

余程テンパっている時でないと使えないだろうな。

こんな風に——


「——馬鹿な、馬鹿な馬鹿な馬鹿なっ！」

狼狽《うろた》え、戸惑い、混乱し、頭を振るギタン。

俺はその隙に魔力遮断にて気配を殺し、ギタンの背後へと忍び寄っていた。

そして発動させるのは浄化系統神聖魔術『極聖光』。

閃光がギタンを包み込む——


「くっ⁉　け、結界を……⁉」

結界の展開を試みるギタンだが、先刻『氷雪鋼牙』が掠った部分が凍結している。

その際に脳の幾つかが機能停止している。

よって、俺の方が早い。

「があああああああああっ！」


びくん、とギタンの巨体が大きく跳ねた。

口から吐き出した白い煙が霧散していく。

「やりやしたぜロイド様！　野郎、白目を剝いてやがります！」

「ギタンの邪気が浄化されていきます。これで目を覚ました時には元に戻っているでしょう」


倒れ伏すギタン。その顔はどこか安らいだ顔をしていた。

◇◇◇

ギタンが倒れたのを見て安堵したのか、息を吞んでいた信徒たちもぽつぽつと声を上げ始める。

「あの化け物……し、死んだのだろうか……⁉　動かなくなったが……」

「しかしさっきの声、教皇様じゃなかったか？」

「いやいやありえないだろう。それにしてもあの少年は何者だろうか？　どこかで見たような気もするのだが……」

む、いつまでもここにいると目立っちゃうな。

早く消えた方がいいだろう。

「おっと、こいつも連れて行かないとな」

その為に浄化したんだからな。

俺は気絶したギタンの襟首をぐいと掴むと空間転移術式を起動し、その場から姿を消した。


空間転移にて辿り着いた先はロードスト領主邸。

「うおおっ！　ロイド様！　ま、また来たんですかいっ⁉」

俺を見つけて驚いた声を上げるガリレアは真っ裸だった。

風呂上がりだろうか、身体からはホカホカと湯気が上がっている。

「やぁガリレア。昨日ぶり」

「……ったく、いつも突然なんすから……その姿、そいつもラミィのお仲間ですかい？

随分デッケェ姿だが……つか着替えて来るんでちょっと待っててくれよな」

二回目なのでそう驚きはしないようだ。

いそいそと着替えに行くガリレアを見送り、俺はギタンに気つけを促す。

「起きろギタン」

「う……こ、こは……？　私は一体、何をして……ハッ！」

慌てて飛び起きたギタンは、俺の前に跪いた。

「も、申し訳ございませんでしたっ！　私はとんでもない事を……っ！」

土下座し、それでも飽きたらないかのように何度も地面に頭を擦り付けている。

「人と魔物を合成させるなどと、神をも恐れぬ行為です！　しかもその力で自身をも改造し、子供を人質とし、その上街までも破壊しようとするなど……あぁ、なんと恐ろしい事をしようとしていたのでしょうか……！　ロイド様、私の暴走をよくぞ止めてくださいました。本当に、本当にありがとうございます……っ！」

涙を流しながら頭《こうべ》を垂れ、肩を震わせるギタン。

うん、どうやら浄化したことで改心したらしいな。


「ギタンよ、悔い改めたようだな」

「ははあっ、ジリエル様！　あなた様にまで何という無礼を……！」

「私にではなく我が主、ロイド様に頭を下げよ」

「なんでテメェが偉そうなんだよ……」

ジリエルの言葉にグリモがツッコむ。

頭を下げるギタンに、俺はひらひらと手を振って返す。

「あぁ、反省しているならもういいよ。ていうかそんなんじゃ話が出来ないから、顔を上げてくれ」

「は、ははぁっ！」

俺がそう言うと、ギタンは恐る恐るといった様子でゆっくりと顔を上げる。

ギタンの身体は相変わらず化物のままではあるが、どこか憑物《つきもの》が落ちたような顔をしていた。


「ロイド様ー、お待たせしました。一応ラミィも連れてきましたぜー」

「ど、どうも……」

服を着たガリレアの傍らにはラミィもいる。

その姿を見てギタンはサッと顔を青くした。

「き、君はあの時の……！　すまないっ！　取り返しのつかない事をしてしまった！　何と、言っていいか……！」

「え？　え？　ど、どうしたんですか？」

涙を流し謝るギタンにラミィは困惑している。

「こいつはギタン。ラミィをそんな姿に変えた張本人だ。今は反省しているようだけどね」

「本当に申し訳ない……私は君にこれからどう償えば良いのか……」

頭を下げたままのギタンにラミィは少し考えた後、優しく声をかける。

「えと、ギタンさん。顔を上げてください」

「あ、あぁ……」

そして顔を上げたギタンに優しく微笑んだ。

「確かにこんな身体になってしまったのはとても残念です。あなたを恨む気持ちももちろんあります。でもそうしたって何も解決はしません。……だからあなたに罪を償う気持ちがあるなら、私が元の身体に戻れるよう力を貸してくれませんか？　私だけじゃあ難しいかもしれませんが、あなたがいればきっと元に戻れると思うんです」

「しかし……」

顔を曇らせるギタン。

もちろんそれは簡単な事ではない。

ラミィの身体は一つの器に二種類の液体が混ざり合ったような状態だ。

無理やり剝がそうとすれば、致命的な崩壊を引き起こすのは間違いない。

綺麗に分離するのは不可能に近いだろう。

だが、可能性はゼロじゃない。

術式により作り上げたものは、必ず解き方が存在する。

何故なら術式とは世界のルール。

太陽が東から昇って西へ沈み、海が満ち引き、命がいつか尽きるのと同じように——善も悪もなく、ただそこに存在しているものだ。

如何に交錯していようと、一つずつ丁寧に紐解《ひもと》けばいつか必ず元に戻れるはずである。

理論上、ではあるが。俺は戸惑うギタンに向け、口を開いた。

「なぁギタン、お前がどれだけ言葉で償おうとラミィが救われるわけじゃない。だったら行動で示すしかないんじゃないのか？　お前の知識を総動員し、研究の成果を惜しみなく使い、そうしてラミィの身体を元に戻して、ようやく罪を償ったと言えるんじゃないか？」

「……はい、仰るとおりです」

「ならばラミィの為に尽力せよ。それがお前の償う方法だ」

ぐっ、と拳を握り締めるギタン。

その目には涙が浮かんでいた。

使命を帯びた顔だった。

「……ラミィさん、私の全てを投げうってでも貴方を元に戻します。随分お待たせしてしまうかもしれません。ですが、必ず元に戻すと誓います！　それまで耐えていただけますか？」

「はいっ！　私も頑張ります！　共に元の身体に戻りましょうっ！」

「おお……私にまでそのような優しい言葉を……ありがとう。ありがとう……！」

手を取り合うギタンとラミィ。

よし、これで魔物の研究も進むだろうな。

流石に俺自身に魔物の身体を合成するつもりはないが、術式化の過程で何か面白いものが出来るかもしれない。

あとギタン自体がレア素材を無限に生み出せるしね。

素材があれば今まで着手出来なかった魔道具の製作にも取りかかれる。

ふふふ、また魔術の研究が捗《はかど》りそうだ。


「流石はロイド様、見事な手腕だぜ。ラミィもギタンも見た目は魔物だってのに、微塵も尻込みせずに配下に加えるとはよ、……何というか器の広いお人だ。こんな方だからついて行きたくなるってもんだ。不肖ガリレア、これからも誠心誠意尽くす次第だぜ！」

「浄化によって改心した者の中には後悔のあまり命を絶つ場合もある。故に償いの行為をさせる事でギタンに生きる目的を与えているのですね。ただ言葉で許すだけでなく後のことも考えておられるとは……素晴らしいですロイド様」

「生物を無理やり合成させる術式か。これを上手く使えば死すら克服し、永遠の命だって得られるだろう。以前油断して死にかけた対策はちゃあんと取ってるってワケだ。やるじゃねぇかよロイド。げひひ」

三人が何やらブツブツ言ってるが、いつもの事だしあまり気にする必要もないか。

ともあれ、一件落着だな。

◇◇◇

一件落着、そのはずだったのだが……数日後俺は父王チャールズに呼び出されていた。

玉座の間に赴くと、チャールズとその傍らにアルベルトがいた。

「よく来たな、ロイドよ」

「はっ」

チャールズの声に俺は短く答える。

一体何事だろうか。

重苦しい雰囲気に俺は息を呑む。

チャールズは咳ばらいを一つして、口を開いた。

「先日の夜、お前は密かに城を抜け出していたな？」

チャールズの言葉にびくんと肩を震わせる。

うっ、しまったバレてたか。

夜中の内に帰ったから大丈夫だと思ったが、どうやら誰かに見られてしまったようである。

失敗したな……内心頭を抱えながらも俺はチャールズの問いに頷いて答えた。

「……はい、えぇと、夜風が心地よかったので……」

「ふっ、何をしてきたか当ててみせようか？　教会へ赴いていたのだろう」

咄嗟に誤魔化すが、余裕の笑みで返される。

……まずいな、どうやら完全にお見通しのようである。

翌日でなく数日空けて呼び出したのは、俺の行動の裏付けを取っていたのかもしれない。

——すなわち、教会本部崩壊事件。

あれからすぐにレンに調べさせたが、教会本部は何者かの襲撃により半壊。

教皇であるギタンは行方不明になっており、信徒たちは混乱し収拾がつかなくなっている……とのことだった。

自分でやった事とは言え、そこまで聞いて俺は頭が痛くなって報告の途中でレンを下がらせた。

こうなれば知らんふりをして、チャールズらの耳に入らないよう祈ることにした、というわけだが……

「教会で起こった事件は当然ワシの耳にも入っておる。全く、とんでもない事をしてくれたものだな」

ぎろり、と鋭い視線で俺を見下ろすチャールズ。

……だが、やはり駄目だったようだ。

チャールズも含め、この城の人間は教会に世話になっている人物が多い。

その関係を悪化させるような事をしたと思われたら怒られるどころじゃすまないぞ。

最近は俺も信頼されてきたからか気軽に外に出られていたのに、こうなるともう城から出してもらえなくなるかもしれない。

覚悟を決めて待つ俺に、チャールズは重々しく口を開いた。

「――見事であったぞ、ロイド」

「……は？」

　チャールズの言葉に俺は目を丸くする。

「少し前からお前が教会に出向いていたのはアルベルトを通じて知っておった。始めはお前の行動を観察しようと思っていたが、その際にどうやら教皇が何かを企んでおる様子だとわかってのう、そちらの調査に切り替えたのじゃよ。そうしたら昨今街を騒がしている失踪事件に、教皇が関わっているという疑いが浮上してきてな。急遽《きゅうきょ》取り押さえる為の証拠を集めておったのじゃよ。そして証拠が揃《そろ》い踏み込もうとした時に起こったのが、今回の事件じゃ」

　うんうんと頷くチャールズ。

　いつの間にそんな事を調べていたのだろうか。……あ、シルファか。

　恐らくアルベルト辺りに命じられていたのだろうな。

「本当に驚いたぞ。何せいざ教会に踏み込もうとしたら大騒ぎになっていたのだからな。信徒たちに聞き回ってみれば、化け物になった教皇と戦うお前の姿を見た者が多数おった。しかも天使と共にな。第七王子様は天の御使いなのか⁉　とこちらが逆に問われてしまったよ。はっはっ」

　何故か嬉しそうなチャールズ。

　うーむ、やはり信徒たちに見られていたか。

ていうか天の御使いってなんだよ。恥ずかしい。

「た、他人の空似ではないでしょうか……？」

俺が誤魔化そうとすると、控えていたアルベルトが微笑を浮かべる。

「謙遜は必要ないよロイド。以前、夜中に抜け出してロードスト領主の企みを阻止した事があったろう？　それでピーンと来たのさ。あぁ、ロイドの仕業だなってね」

そう言ってパチンとウインクをするアルベルト。

どうやらこの人も同じことを考えたようだ。

「うむ、信徒の中には天の御使いであるお前を次の教皇に、などという輩もおったよ。何とも慕われたものじゃのう！」

くっ、逃げ場がない。

教皇なんかにされたら自由がなくなってしまうじゃないか。

神聖魔術に関しての情報は色々得られそうだが、流石にそれはごめんだ。

「夜闇に紛れ、人知れず悪を討つ、か。隠れてやったという事はワシに面倒を押し付けられるとでも思ったのか？　例えば倒した教皇の代わりになれ、などとかな」

内心どきっ、としたのを見破られたのか、チャールズは可笑しそうに笑う。

「はっはっ、いくらなんでもそんなことは言わんよ。それにワシは言ったはずじゃぞ？

お前は王位継承権に関係ない第七王子。役目なぞ気にせず好きに生きると良い、となな」

「父上、という事は……！」

「うむ、見間違いであろうと言っておいたわい。ロイドはその日、ずっと寝ておったとな。嘆願に来た信徒ども、諦めて帰っていきおったよ」

ほっ、助かった。

安堵の息を吐く俺に、チャールズは言葉を続ける。

「ロイドよ、お前は何も気にせずのびのびと励むとよい。ワシはこれでも父親だ。これからもずっと、お前の力になる事を誓おうではないか」

「もちろん僕もだよロイド。困った時はこの兄を頼るといい」

「父上、アルベルト兄さん……ありがとうございます！」

俺は二人に頭を下げる。

随分昔にした約束なんて忘れていると思っていたけど、憶えてくれているのに感動だ。

立ち上がってもう一度感謝の気持ちと共に頭を下げ、俺は玉座の間を後にするのだった。

「ロイドを教皇に、か。全く教会の連中め、見る目がないのう。我が息子がその程度に収まる器だと思うてか。ま、教会に恩を売っておくのは悪くなかろう。我が国以外にも教会はあるしのう。他国へ赴く際、教会との繋がりはロイドの力となるじゃろう。ロイドよ、今は心の向くままに様々なものを吸収せよ。それこそが世界を統べる王となる宿命を持つ、お前のやるべきことじゃ」

「ロイドの奴、教会に繋がりを作りに行ったと思っていたが、まさか教皇に祭り上げられそうになるとはね。父上の言葉に信徒たちも一旦諦めはしたが、帰る間際でもどうにかしてロイドを教皇に、なんて声が聞こえていたな。想定以上に彼らの心を掴んだようだ。もし何かあった時、一声かければ彼らはすぐにロイドの元へ集まるだろう。教会の信徒はこの国だけでも一万を超える。僕の私兵の十倍以上……もしロイドがその気になれば国を傾ける事も可能、か。ふ……っ、ぞっとしないな。兄として鼻は高いけれどね」

アルベルトとチャールズが何やらブツブツ言っているが、俺はとりあえずほっとしていた。

二人共、あれだけの事をしでかした俺にまだ自由を与えてくれるなんて本当にありがたい。

やっぱり第七王子という立場は気楽でいいな。

これからも自由に魔術の研究に励めそうである。

◇◇◇

「ええっ⁉　私を次の教皇様にですか⁉」

俺の言葉を聞いたイーシャが目を丸くする。

あれから数日後、俺は教会へ赴きイーシャを訪ねた。

そしてお願いしたのだ。教皇になって欲しい、と。


「うん、色々あって空席になってるから、どうかと思ってさ。イーシャは歌い手としても人気もあるし、悪くないと思うんだけど」

「いやいやいやっ！　そんなの不可能に決まってるじゃないですかっ！　私に教皇様なんて務まるはずがありません！」

ブンブンと首を左右に振るイーシャ。

うーむ、やはりイーシャの性格では快諾しないか。

ダメ元でこんな事を頼みにきたのには理由がある。

あれから毎日毎日、信徒たちが俺に会いに来ては教皇になってくれと嘆願するのだ。

これには参った。あれは俺じゃないと何度言っても、いいえ、あなた様に間違いありません！　是非我々を導いてください！　……なんて涙ながらに訴えてくるのだ。

何度か押し問答をした結果、俺が次の教皇を選ぶという事でとりあえず納得してくれた。

教皇ってそんな誰でもなれるのかよと思ったが、皆で支えるし、俺が選んだ人物なら文句も言わないらしい。

というわけでイーシャに頼んでいるわけだが――


「絶対無理ですっ！」


……と力強く否定されてしまった。

俺としては知り合いでもあり、しかも魔術に興味のないイーシャが教皇になってくれれば、教会のツテで手に入れた神聖魔術の本なんかをホイホイ見せてくれそうでとても嬉しいのだが。


「ロイド様、いくらなんでもこんな普通の女に大量の信徒を束ねる教皇は務まらないですぜ。断られるのも当然でさ」

「むぅ、いかにイーシャたんと言えど教皇の座は荷が重いと言わざるを得ないでしょう。いいえ、そうなれば無論私も全力で推しますが……」

グリモとジリエルが苦言を呈す。

確かにイーシャの性格的に、教皇になって欲しいと言われて、はいそうですかと受けるとも考えにくい。

そう思っていたからこそ、俺は秘密兵器を連れてきている。

俺の後ろで控えていたサリアが一歩踏み出す。

「ねぇイーシャ、私と初めて会った時のこと、憶えてる？」

「サリア⁉ ……えぇと、確か教会の演奏会でした、よね」

少し考えて、イーシャが答えた。

「おおっ！ それならよく憶えていますよ！ 十年前、サリアたんの伝説が始まった日ですね！ 子供とは思えない素晴らしき演奏に皆が咽《むせ》び泣いていたものです！ 私も思い出しただけで涙が……」

ジリエルが思い出に浸り、涙ぐんでいる。

どうやらサリアの演奏は昔からすごかったらしい。

「あなたは演奏を終えて帰ろうとした私に声をかけてきたわよね。目をキラキラさせながら、今の演奏すごかった！ 私にも教えて！ ってさ。まぁ私は教えなかったけど」

教えなかったのかよ。冷たい。

遠い目をしながらサリアは続ける。

「……でも、あなたは諦めなかった。何度無視しても私が演奏している横で気にせず歌い始めるんだもの。何だろうこの子はって思ったわ。――でも、何故だか嫌じゃなかった。気づけば私の隣には、いつもあなたがいた」

そう言ってサリアは歩き出す。

向かう先はピアノだ。

そっと椅子を引いて座ると、鍵盤に指を滑らせていく。

ぽろん、ぽろろん、と室内に美しい音が響き始めた。

突然の行動に目を丸くするイーシャだったが、不意に何かに気づいたかのように歌い始めた。

――♪

古い歌だった。子供が好んで歌うような童謡。

しかし二人の演奏にかかれば、それは既に別次元に昇華されたものである。

繊細で、荘厳で、伝統と格式さえ感じさせるような曲調。

ステンドグラスに照らされ演奏する二人の姿は美しい絵画のようだ。

俺は言葉を失い、その様子を見つめていた。

――♪


しばし余韻に浸りながら、今度はイーシャが口を開く。

「あの時の歌……思い出しましたよサリア、私が歌う理由、それは世界中に私の歌を届ける為――」

こくり、とサリアが頷いた。

「以前、私はあなたに聞いたわ。なんで私と一緒に歌いたいの？　と。そうしたらあなたは、私の歌にあなたの演奏を乗せれば、聴いてくれる人はもっと増える。教会に入ったのも出来るだけ多くの人に私の歌を聴いてもらう為。そうやって少しずつ聴いてくれる人を増やしていって、いつか世界中の人に歌を聴いて貰うの！　その為に私は歌っているのよ！　ってね。なんて自分勝手な子だろうと呆れたけれど、同時にすごいとも思った。目的のためには手段を選ばない豪胆さ、まっすぐに前を見つめる瞳。――そんなあなただから、私は今まで共にいたのよ」

「……そう、でしたね。幼き日の言葉で少々恥ずかしいですが……」

照れ臭そうに頰を赤く染めるイーシャ。

「いいじゃない。なっちゃいなよ教皇に。そうしたら世界中にイーシャの歌声が届く日も随分近くなるわよ。そしてその時は私が隣で演奏をしてあげるから、安心なさい」

「サリア……」

サリアの言葉にイーシャは涙ぐむ。

そして、頷いた。

「……わかりました。私、なります。教皇に」

まっすぐに前を向くイーシャ。

その表情は希望に満ち溢れていた。

◇◇◇

「それにしてもサリア、よくあんな昔のことを憶えてましたね。私はすっかり忘れていましたよ」

「忘れるわけないじゃない。……あなたはその、私の数少ない友人なんだから」

照れくさそうに頬を掻くサリアを見て、イーシャは嬉しそうに口元を緩める。

「サリアっ！」

サリアに抱きつくイーシャ。

「わ！　な、なに？」

戸惑うサリアに、イーシャはだらしない笑みを浮かべる。

「なんでもありませんっ！　えへへっ」

「んもう」

サリアは少しだけ困ったような顔をしつつも、それを受け入れるように腕を回す。

互いに抱き合うその姿は、まるで仲の良い姉妹のようだった。


「おおおおお……っ！　サリアたんとイーシャたんが抱き合って……なんだこれは、素晴らしい。そして美しい……！　まさに奇跡、神はここにいた！」

むせび泣くように声を震わせているジリエル。

何か知らんがかつてない程にキモい。

「ロイド様、大丈夫なんですかい？　こんなキメェ奴を側においちまってよぅ。見てくだせぇよ、あの下品な顔をよ」

「うーん、でも神聖魔術を使う為には仕方ないしなぁ」

キモいのは同意だが、基本的には悪い奴ではなさそうだしな。多分。

それに天界の知識とか、色々便利そうではあるし。

ともあれ、イーシャが教皇になってくれそうだし、よかったと言ったところか。

◇◇◇

大歓声に包まれる中、イーシャの戴冠式が行われた。

本来ならば前教皇から賜るものだが、何故か俺がやることになった。解せぬ。

跪くイーシャに冠を被せると、美しい金髪がふわりと揺れる。

立ち上がったイーシャが信徒たちに手を振ると、新たな教皇の誕生に大歓声が巻き起こった。

やれやれ、これで一段落といったところか。

しかし魔術を求めて新たな教皇の誕生に立ち会うとは、妙な繋がりが出来てしまったものである。

それにしてもやはり魔術というのはやはり奥が深い。

神聖魔術に魔物の合成か。

まだまだ底は見えないが、それもまた良しである。

新たな研究対象《なかま》も加わったし、出来ることも増えた。

——次は何をやろうかな。

俺はワクワクしながら、新たな教皇を祝福するのだった。

あとがき

第七王子三巻お買い上げありがとうございます！

今回は教会編ということで、天使も出てくるしシスターも出てきます。

シスターはすごく好きなので高頻度で出てくるのですが、意外と天使を書くのは初めてだったかもしれません。

ジリエルは「天使」としか決まっておらず結構悩んだキャラだったのですが、中々いい感じになったのではと思っています。

ちなみに女案もあったのですが、イーシャとサリアが女だったのでバランスを取って男になりました。今思えば英断だったなと。

ともあれこれで神の左手悪魔の右手モードが完成したわけですが、若干うるさいのが難点ですね。

ロイド君は全く気にしないかもしれませんが。……いや、そもそも聴こえてないかも。

それはそうと今回、サリアのキャラデザがすごく気に入っています。

他のキャラも勿論いいのですが、あのちょっと無愛想な顔がすごくイイですよね。

正直ゲストキャラのつもりだったのですが、また出したいところです。しかし能力が使いにくいという欠点が……アルベルトあたりと絡ませたら面白いかも。

メル。さんにはいつも感謝しております。

コミカライズで出番増やして欲しいなぁと思ってみたり！　やはり小説では主人公以外のパートは書きにくいんですよね。


さて、そろそろ次回予告といきましょう。

ロイドの次なる目的はかつて一度極めた錬金術を用いて最強のゴーレムを作り出すこと！

そうして挑むゴーレム武道会にて、ロイドは意外な出会いをする。

そんなところで、今回はおしまいとさせて頂きます。

ここまで読んでくださってありがとうございます。次巻でまた会いましょう。

講談社ラノベ文庫

転生《てんせい》したら第七王子《だいななおうじ》だったので、気《き》ままに魔術《まじゅつ》を極《きわ》めます3

謙虚《けんきょ》なサークル

2021年4月28日第1刷発行
2021年9月16日第2刷発行

発行者	森田浩章
発行所	株式会社　講談社 〒112-8001 東京都文京区音羽2-12-21
電話	出版　(03)5395-3715 販売　(03)5395-3608 業務　(03)5395-3603
デザイン	AFTERGLOW
本文データ制作	講談社デジタル製作
印刷所	豊国印刷株式会社
製本所	株式会社フォーネット社

KODANSHA

ISBN978-4-06-523459-4　N.D.C.913　263p　15㎝
定価はカバーに表示してあります

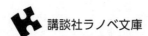